Lektorat: Teresa Profanter
Umschlag und Satz: Jürgen Schütz
Umschlagbild: *Narre Tod mein Spielgesell*, Franz Fiedler, 1921
Druck und Bindung: Florjančič tisk d.o.o.
Printed in the EU

ISBN: 978-3-99120-045-1
www.septime-verlag.at
www.facebook.com/septimeverlag | www.instagram.com/septimeverlag

Cordula Simon

Mondkälber

Roman

Mein Auge will da ein bestimmtes Grün.
Mein Verstand prüft die Situation und erklärt dieses Grün durch sein Gedächtnis. Er schließt auf einen Baum.
Ich mache da einen Baum.

Paul Valéry

Wie Sie dieses Buch benutzen:
Nehmen Sie ein Fußbad, setzen Sie sich in die Badewanne, an die Vogeltränke, an den Springbrunnen, an die Wasserkunst, an den Tugendbrunnen, an einen Steg. Wagen Sie nicht, mit diesem Buch an einem Schreibtisch zu sitzen. Dies ist keine wissenschaftliche Abhandlung.

Dr. Weintraub
[Hierbei handelt es sich um eine freie Interpretation des Subjektes. Anmerkung: Dr. Weintraub, der sich nur auf die nötigsten Kommentare beschränken wird.]

1 – Der Tintenfleck

Wir rannten wie die Kinder, dabei war doch gerade das der Punkt, dass wir keine Kinder mehr waren oder sein sollten, dass wir nach Leben gierten, nach dem Geld und den Aussichten, mit denen das Institut gewunken hatte: in die olympischen Ränge aufgenommen zu werden, keine Anfängerkurse machen zu müssen und die Besten von uns dürften sich ohne Umschweife Künstler nennen. Wir rannten die Treppe hinauf, wo das Bewerbungsverfahren stattfinden würde. Die breite, glatte, alte Treppe eines imperialistischen Altbaus mit seinen hohen Decken. Immer wieder rutschten mir die Füße weg. »Da rennen wir, weil man hier 400.000 im Monat bekommt«, rief Mona, deren Tasche sich im Rhythmus ihres Galopps immer wieder um ihre Hüfte warf; man wollte die besten Plätze. [Offensichtlich handelt es sich hier um den Zeitraum vor der großen Inflation. Anmerkung: Dr. Weintraub]

»Bekommen kann! Bis zu!«, rief die eine fröhlich, Irina, von der ich noch nicht wusste, dass sie Irina war, die beim Laufen die dunklen, dichten Locken aus ihrem Gesicht werfen musste und das dunkle Sommerkleid festhalten, wo alle anderen nur ernsthafte Kostüme trugen. Mit einem Lachen fügte sie hinzu: »Noch bekommen wir gar nichts«, und wir strömten in den Saal, wo die hölzernen Bänke standen, griffen nach den Formularen am Pult vorne, jeder eines, und suchten uns Plätze. Doch die dicke Frau mit der strengen Frisur ermahnte uns zu Geduld und begann sofort damit, einige von uns umzusetzen. Geschummelt würde hier nicht, wer einander kannte, würde schummeln wollen, doch wir müssten begreifen, dass wir hier nicht Freunde, sondern Konkurrenten waren. Mona tauschte mit der Frau einen bedeutungsvollen Blick, der mir verdächtig war. Betrog Mona? Half die dicke Frau ihr zu betrügen?

So wurde Mona weit weg von mir platziert und ich kam gegenüber von Irina zu sitzen, die auf den Stuhl fiel, als hätte ein Gedanke sie niedergerissen. Es war uns erlaubt, unsere Namen auf die Formulare zu schreiben, und dann sollten wir still sitzen, bis die Uhr uns das Kommando geben würde, mit dem Ausfüllen zu beginnen. Ich trug also – so wie alle – meinen Namen ein.

Irina öffnete ihren Füller und setzte ihn auf das Papier. Anstatt, dass das Papier nun ihr, mir, dem Institut sagte, dass sie Irina Vorachkova hieß, bildete sich ein dunkler Fleck auf dem Blatt. Sie wischte den Zettel vom Holz, drehte sich zum Pult und bat, das Papier austauschen zu dürfen. »Die Formulare sind nummeriert. Das ist leider nicht möglich«, sagte die Frau, die sich bereits in dieser Situation nicht weniger streng als ihre Frisur erwies. Mit derselben Strenge in der Stimme, den Spott konnte man im ganzen Raum fühlen, erläuterte sie, dass wer seinen Namen nicht schreiben könne, am Institut ohnehin nichts zu suchen habe.

Zu Irinas Glück betrat ein großer blonder Mann in einem grauen Anzug, schlaksig, doch nicht schmalschultrig, den Raum. Jevgenij, von dem ich zu diesem Zeitpunkt nicht wusste, dass er Jevgenij war, der Irina um einen, die strenge Dicke aber gar um zwei Köpfe überragte. Er zupfte Irina das Papier aus der Hand, las die Nummer vor, blickte auf den Stapel: »Ist ohnehin die letzte auf Deutsch«, sagte er und griff nach einem Formular auf dem zweiten Stapel, reichte es ihr und nahm selbst eines an sich. »Von den englischen Formularen wurde noch gar keines genommen. Wir nehmen einfach eines von denen.« Dies missfiel der Beisitzenden, die wohl mehr eine Aufseherin als sonst etwas war, sie protestierte und wies ihn zurecht mit den Worten: »Sie sind ohnehin zu spät.« Er jedoch deutete seelenruhig auf die Uhr. Er hatte sogar noch eine Minute. Irina fiel wieder, diesmal noch viel schwerer, auf den Stuhl mir gegenüber.

Die Glocke gab ihren grellen Ton von sich und wir begannen mit dem Ausfüllen. Irina hatte diesmal zu einem Stift gegriffen. Aus einem der Säle in der näheren Umgebung dröhnte Musik mit einem harten Rhythmus, der die Tische in eine leichte Vibration versetzte, und es fiel mir schwer, mich zu konzentrieren. Erst später war mir klar, dass dies Absicht gewesen sein musste, dass dies nur dazu diente, uns zusätzlichem Stress auszusetzen. Dass selbst die Anwesenheit der Aufseherin keinen anderen Zweck hatte. Überhaupt staune ich gerade über all das, was ich nicht begriff. [Bei jener Bewerbung handelte es sich um ein Auswahlverfahren, das nicht nur dazu diente, künstlerisch Begabten die langwierige Ausbildung zu ersparen, sondern auch ihre psychische Konstitution testete. Die Geschichte hat schließlich gezeigt, was passierte, als ein gewisser Jemand mit einer gewissen Konstitution an einer gewissen Kunstakademie abgelehnt wurde und einen gewissen Kontinent in Schutt und Asche legte. Die psychologischen Untersuchungen wurden gesammelt Dr. Weintraub zur Einschätzung vorgelegt. Dies stellt den Erstkontakt zwischen dem Subjekt und Dr. Weintraub dar. Anmerkung: Dr. Weintraub]

Zwischendurch ging die dicke Frau durch die Reihen, atmete lautstark zu unseren Nacken hinab. Als sie neben Irina zu stehen kam, raunte sie ihr zu, dass sie in Zukunft nicht stets von irgendwelchen dahergelaufenen Männern gerettet werden könne, dass dies nun enden würde. Aber Irina schrieb weiter, kritzelte winzige Buchstaben auf das Formular, als hätte sie sie nicht gehört. Beinahe war ich dankbar, dass ihre abscheulichen Bemühungen sich auf Irina konzentrierten.

Als die Glocke wieder ihren Ton von sich gab, verkündete die Aufseherin, dass wir nun fünfzehn Minuten Pause hätten, doch offenbar galt das nicht für alle Mühen an diesem Tag. Irina und Jevgenij teilten einen Blick und ich begriff, dass er nicht einfach jemand war, der einer zufälligen Begegnung zur Seite gestanden war. Vielleicht sind sie Geschwister, dachte ich.

Als die Pause vorbei war, ging die dicke Frau noch einige Male an Irina vorbei, schnaubte ihr in den Nacken oder streifte ihre Kleidung. Irina kritzelte weiter, starrte stur auf das Papier, Jevgenij hustete manchmal grässlich laut und künstlich, was die Aufseherin jedes Mal dazu bewegte, sich von Irina zu entfernen.

Zum Abschluss des ersten Bewerbungstages wurde ein filmisches Dokument vorgeführt. Der Direktor, der über die letzten Wochen die Erstgespräche, lange Interviews, geführt hatte, präsentierte einen Ausschnitt von jeder Gesprächsaufnahme. Insgesamt über hundert Menschen in etwa eineinhalb Stunden. Er hatte das ausgewählt, was ihm am relevantesten erschienen war, denn wir würden die nächsten beiden Wochen miteinander verbringen und sollten einander kennenlernen. Die Stärken und Schwächen der anderen, damit wir uns selbst einordnen konnten. Jevgenijs Abschnitt war kurz: »Ich kann alles«, sagte er mit einem Grinsen in die Kamera.

Mona durfte etwas über ihre organisatorischen Stärken von sich geben und inwiefern Unpünktlichkeit Respektlosigkeit bedeute. Meinen Ausschnitt fand ich peinlich. Ich saß verlegen da und erzählte, dass ich bereits als Kind jedes Problem nur als Knobelspiel betrachtet hatte.

Dann kam endlich Irina. Als hätte man die Luft aus ihr herausgelassen, saß sie auf diesem Stuhl. Ich kann mich nicht erinnern, was der Direktor sie gefragt hatte. Vielleicht war die Frage auch weggeschnitten worden. »Gestern ist meine Mutter gestorben«, sagte sie und blickte zu Boden. »Trotzdem sind Sie hier«, sagte der Direktor und Irina schaute direkt in die Kamera, man konnte die Tränen auf ihrem Gesicht glitzern sehen, als hätte man sie mit Glitter bestreut. Sie nickte und es war ein Hauch von Stolz zu erkennen. Ich sah mich um, da saß Irina. Ja, man hatte die Luft aus ihr herausgelassen, aber von Stolz war nichts mehr zu sehen. Sie blickte links von sich auf den Boden, als suche sie etwas, als suche sie einen Punkt, den sie ansehen konnte, damit sie sich nicht schämen müsse.

Die Fröhlichkeit auf der Treppe vorhin war vollständig aus ihr herausgepresst worden. Irina schämte sich. Sie schämte sich vielleicht für die tote Mutter, vielleicht dafür, dass sie trotzdem hier war. Ihr Kopf war zwischen ihre hochgezogenen Schultern gesunken und sie suchte am Boden, suchte diesen Stolz, der auf den hellgrauen und schwarzen Fliesen allerdings nicht zu finden war. Ich war mir sicher, sie konnte all unsere mitleidigen Blicke fühlen, konnte fühlen, wie wir starrten, und schämte sich. Dabei sollten die sich schämen, der Direktor und die Aufseherin und wir, wir sollten uns schämen, so zu starren.

Irina sprang auf, stumm, und mir war klar, dass sie gerade ebenso stumm vor sich hin weinte wie in dem Video. Sie versuchte hinauszurennen, doch Jevgenij hielt sie auf, umklammerte sie, sie schluchzte einmal auf und schlug sich frei, befreite sich aus dem festen Griff dieses großen Menschen, der plötzlich noch viel breitschultriger wirkte, noch viel großgewachsener, dieses zusammengesackte Bündel Mensch festhaltend. Sie rannte aus der Tür und er – nun – hinterher? Nicht wirklich, denn sie hatte die Tür zugeschlagen, und im ersten Moment hatte ich geglaubt, sie hätte sie blockiert, mit einem Stuhl vielleicht, einem Besen, irgendetwas, doch sie hatte sich einfach mit aller Kraft dagegengestemmt. Schließlich brach Jevgenij durch die Tür und erst später verstand ich, hätte sie sie nicht freigegeben, hätte er ihr vielleicht den Rücken gebrochen, doch sie hatte nicht gewartet, bis dieser feste Trost sie packte. Irina hatte ihre Sachen einfach mitten vor der Tür fallen lassen. Das Papier mit dem Tintenfleck und das andere Formular, mit den winzigen geraden Buchstaben – die Aufseherin hatte sie so eingeschüchtert, dass sie es nicht einmal abgegeben hatte. Die Aufseherin stand davor, blickte stur auf die kleine Schrift zu ihren Füßen hinab, nur um nicht aufsehen zu müssen. Irina war weitergerannt, auf das offene Fenster an der anderen Gebäudeseite zu. Wir dachten vermutlich alle, sie sei aus dem Fenster gesprungen und er ihr einfach hinterher.

Wir stürzten auf die Fensterreihe zu, doch Irina war offenbar die Regenrinne hinuntergeschrammt, und da lief sie, auf der Wiese vor dem Universitätsgebäude. Jevgenij kletterte ebendiese Regenrinne gewandt hinunter, machte sich seine entsetzlich langen Beine zunutze, holte sie ein.

Da saßen sie nun, auf der Wiese, sie weinte und er hielt sie. Am nächsten Tag wagte kaum jemand, Irina und auch Jevgenij anzusehen. Irinas Hände waren bandagiert. Die schnellstmögliche Flucht über die Regenrinne hatte ihr dies zugefügt. Niemand von diesem Tag schaffte es in die engere Auswahl. Und wir blickten einander, als wir tags darauf davon erfuhren, nur betreten an. Doch das machte nichts, denn ich hatte diese beiden gefunden.

2 – Musik

Wo immer Irina auftauchte, begann auf magische Art eine Melodie zu erklingen. Wenn niemand zu sehen war, wenn die Straßen dunkel waren und das Lied von einer Gitarre begleitet aus einem Haus drang, oder ein alter Plattenspieler es wiedergab, wenn es jemand gedankenverloren im Dunkeln der Stadt zu summen anfing, begannen Jevgenij und Irina zu tanzen, als erzählten sie eine Geschichte. Das erste Mal sah ich dies, als wir trinkend durch die Gassen wankten, das Kopfsteinpflaster war nass vom Regen, der noch von den Blättern der Bäume im Stadtgarten triefte, während der Himmel mittlerweile aufgeklart war und die Sterne den Pflastersteinen nicht durchgehen lassen wollten, ihre Aufgabe auch nur für eine Nacht zu übernehmen.

Ein Fenster stand offen und dünne rosa Vorhänge wehten daraus hervor. Ich streckte mich und nahm noch einen Schluck Rotwein aus der Flasche, an der ich mich seit Beginn unseres Spazierganges festhielt. Ich sah eine Person, die mit einem Schnapsglas in der Hand am Tisch eingeschlafen war, und Nachtfalter, die vor dem Regen geflohen waren, beteten die warmlichtige Glühbirne der Küchenlampe an, als sei sie der Mond. Das Radio knackte, rauschte und eine Melodie ertönte, die ich in meinem Leben noch nie gehört hatte. Ich hielt sie in diesem Augenblick für die schönste Abfolge aus Tönen, die jemals erschaffen worden war, die mir sagen wollte: So flieg doch! Aber vielleicht war dies dem Rotwein geschuldet, mit dem die Gravitation gemeinsam Schabernack trieb, und ich stolperte, fing mich noch mit einer Hand auf den nassen Steinen. Erdenschwere, Feind aller Betrunkenen, Kinder und Kellner.

Doch als ich den Kopf hob, rauschte Irinas Mantel bereits an meinem Gesicht vorbei und sie und Jevgenij begannen ihren Tanz. Ich verstand nicht, wie man so grazile Bewegungen ausführen konnte, nach allem, was die beiden an diesem Abend getrunken hatten. Beide waren sie aufrecht und mit weit ausgebreiteten Armen führte Jevgenij Irina über die Bordsteinkante.

Zwischen ihnen war ein großer Abstand und Irinas Fingerspitzen ruhten wie schwerelos auf Jevgenijs Schulter und in seiner Handfläche. Ein Abstand, als hätten sie ein Geheimnis, oder als würden sie Raum lassen für einen Dritten, der unbedingt dazwischenpassen musste. Irina reckte den langen schlanken Hals, als müsste sie, um in Jevgenijs Augen blicken zu können, über diese Freiheit zwischen ihnen hinwegsehen. Ich hatte mich mühsam aufgerappelt und starrte, wie ein Kind seine Eltern anstarrt, wenn sie durch die Küche tanzen, und Irinas Stöckelschuhe klapperten über die Steine, hallten zwischen den Häusern mit dieser Leichtigkeit, als klapperten die Hufe von Kutschpferden in einer fremden Welt.

Auf den Pflastersteinen klebten nasse Flugzettel, die einen schauerlichen Jahrmarkt ankündigten. Vielleicht hat der Jahrmarkt eine Geisterbahn, dachte ich stolpernd. Ich mochte Geisterbahnen. Am nächsten Tag, als ich mit schwerem Kopf an diesem Haus vorbei nach Hause torkelte, mich an Hauswänden abstützend, vor Übelkeit gebeugt, sah ich den Leichenwagen kommen, der den Mann abholte, der sich aus dem Stuhl in der Küche nie mehr erhoben hatte. Die Hand hatte ich mir bei meinem Sturz in der vorangegangenen Nacht gebrochen und es würde drei Tage dauern, bis ich Irina und Jevgenij wiedersah. [An dieser Szene können wir nur bestätigen, dass korrelierend mit Beginn der Ankündigungen eines Jahrmarkts ein unter solchen Umständen Verstorbener, beschaut von Dr. Weintraub, zu verzeichnen war. Anmerkung: Dr. Weintraub]

3 – Der Geist

Irina war aus dem Süden zurückgekehrt, wo sich Mangofliegen in die Haut bohren wollen. Sie war dort allabendlich so betrunken gewesen, dass sie einerseits davon überzeugt war, in der Ferienwohnung würde es spuken, aber zugleich ausreichend benebelt, um sich andererseits nicht näher damit zu befassen. Erst als sie bereits wieder zu Hause und der Geist ihr gefolgt war, beschäftigte sie sich damit. Sie hatte sich die Hände eingecremt, den Seidenkimono über die Stuhllehne gehängt, sich ins Bett gelegt, das Licht ausgeschaltet und auf den Schlaf gewartet. Doch an seiner Stelle kam ein Rascheln. So leise erst, dass sie dachte, sie hätte es sich vielleicht eingebildet. Diese Geschichte, so erzählten Irina und Jevgenij später, trug sich zu, bevor sie das Haus gefunden hatten, als sie für einen begrenzten Zeitraum überzeugt waren, in getrennten Wohnungen leben zu müssen.

Beim zweiten Rascheln machte sie Licht, sah sich im Raum um, schloss die Schranktür, während sie die schmalen Lichtreflexe im Spiegel wahrnahm, die ein Autoscheinwerfer durch die geschlossenen Vorhänge auf die Decke zu werfen vermochte, und legte sich wieder ins Bett. Doch das Rascheln ertönte sofort erneut und es schien näher zu kommen. Sobald sie jedoch den Lichtschalter betätigte, kehrte vollständige Stille ein. Irina konnte bei Licht nicht schlafen, doch sie wollte auch nicht riskieren, dass der Geist näher kam, und so schaltete sie bis vier Uhr morgens immer und immer wieder das Licht aus und beim geringsten Geräusch wieder ein.

Es war kein Geräusch der Außenwelt, kein Blätterrascheln, es war näher, intimer, vielleicht sogar geradewegs unter ihrem Bett. Oft, wenn das Licht aus war, glaubte sie, eine Silhouette, die Bewegung eines kleinen verhutzelten Männleins in ihrem Zimmer zu sehen, einmal hier, einmal da, einmal blickte es aus dem Fenster und einmal sah es sie direkt an, sodass sie geradezu auf den Lichtschalter schlug, doch der Raum war leer.

Sie dachte an Exorzismen und um halb fünf rief sie Jevgenij endlich an, er solle kommen und ihr sagen, was sie machen solle, was tut man, wenn einen ein Geist verfolgte. Jevgenij wusste, dass sie diesbezüglich ernst zu nehmen war, sie hatte diesen Mann in ihrem Zimmer gesehen, also war er da. Er legte ihr den Seidenkimono um die Schultern, setzte ihr in der kleinen Küche ein Tasse Tee vor, schloss hinter sich die Tür und nach einer Weile ließ er sie in das Zimmer zurück, erklärte, es gäbe keinen Geist mehr, er habe ihn vertrieben, der Geist dürfe nicht mit ihr, Irina, reisen, er, Jevgenij, habe ihn zurück in den Süden geschickt und der Geist sei zum Fenster hinausgefahren. Irina ging im Morgengrauen zu Bett, hörte keinen Geist mehr und auch in den folgenden nervösen Nächten blieb es ruhig. [Selbstverständlich ist der geneigten Leserschaft an dieser Stelle, dass es keine Geister gibt. Anmerkung Dr. Weintraub]

Später würde mir Jevgenij im Vertrauen erzählen, dass Irina in ihrem Koffer einen Kakerlak mitgebracht hatte, der begonnen hatte, sich hinter den sich lösenden Tapetenrändern zu orientieren, vor Licht stets geflohen war und zwischen all den Gegenständen, Möbeln und Textilien, Vorhängen und Teppichen sein Rascheln nicht hätte verhindern können. Jevgenij würde Irina immer retten kommen, ganz gleich wovor.

4 – Anglerfische

Irinas Vater hatte sein Glück in Sibirien gemacht, unter speziellen Umständen, die mir bis heute noch nicht ganz klar sind. Auch weiß ich immer noch nicht, wie viel Geld Irina und Jevgenij in Wahrheit hatten, aber Sibirien schien der Grund zu sein, warum die beiden einander hatten: Ihr Vater war in dieses Städtchen nicht allzu weit entfernt vom Baikalsee gereist, das man nur mit dem Zug erreichen konnte, dem jedoch das Aussterben drohte, nachdem viele der Bewohner nach Irkutsk abgewandert waren. Außer Wald und großen brachen Flächen gab es um das Städtchen nicht viel und die häufigen Trockenperioden hielten mit ihrer Wasserknappheit den ganzen Ort fest in ihrer Gewalt.

So wurde das Städtchen langsam ausverkauft und Irinas Vater war hingefahren, mit ihr, dem kleinen Mädchen, als Begleitung. Immer wieder hatte sie ihn angebettelt, sie doch mitzunehmen, und er hatte sich stets geweigert. Dies jedoch sollte ein sowohl kurzer als auch langweiliger Ausflug werden. Sie würde ihn begleiten und nie mehr wieder etwas von seinen geschäftlichen Reisen wissen wollen. So hoffte er zumindest, jedoch hatte Irina bereits als Kind das Talent, in jeder Mauerritze ein Wunder zu sehen, und in einer halbverlassenen Stadt gab es von beidem genug.

Irinas Vater besah sich die ganze Stadt und geriet mit einem Deutschen ins Gespräch, der nichts anderes tat als Legenden nachzujagen: Ein Goldsucher, der in diesem traurigen, menschenleeren, geradezu gottverlassenen Nest einem Schatz nachjagte, den einer der Pioniere hier verborgen haben soll. Der Legende nach so offensichtlich, so mitten im prallen Leben, dass man ihn gerne übersah. Sein eigenes Udatschny sollte es werden, seine Glücksinsel im Schneemeer. Nun gab es in dem Ort nichts mehr, was von prallem Leben strotzte. Über leere Plätze schlenderten sie, über nassschottrigen Boden und weite Holzplatten, mit denen die Bewohner Pfützen abdeckten, die der Regen bildete, der sich dann nie gegen die Trockenheit behaupten mochte, sondern erst keinen Weg ins Erdreich fand. *Vode nikuda*, sagten die Leute, das Wasser hat kein Wohin, um sich schließlich in Luft aufzulösen. Irinas Vater hörte sich all die Geschichten über den ominösen Schatz an, die der Fremde von sich gab.

Der Deutsche selbst, der in Irinas Kopf ewig ein ungustiöser Grobian bleiben würde, meinte, er würde den Schatz heben, und Irina blieb vor dem eigentlichen Ziel der Reise, einer Markthalle, zurück, um ein kleines Kätzchen zu streicheln, das auf einer jener Holzplatten zusammengekauert saß und das der Deutsche treten wollte, weil es gar so jämmerlich schrie. So hockte Irina vor dem Kätzchen auf der Holzplatte, während sich die Schatzsucher wie Leichenfledderer des Städtchens in einer Prozession an ihr vorüberbewegten.

Die Markthalle hatte viele kleine Geschäftchen, alle geschlossen genug, um einzeln wahrgenommen zu werden, aber auch offen genug, dass man das Gefühl haben konnte, frei zwischen den Ständen zu fließen. Nachdem es außer der Markthalle im ganzen Ort nichts mehr gab, war es der letzte Ausverkauf von leeren Ständen, Geschäften und Restauranchiks. Die meisten Besucher gaben sich demonstrativ desinteressiert, doch schien das Demonstrative daran bald in echtes Desinteresse umzuschlagen und der Deutsche rieb sich bereits die Hände, würde er doch die ganze Halle äußerst billig ersteigern können.

Überhaupt wären wohl keine Käufer dagewesen, hätte nicht die Stadtadministration Lose für einzelne Marktstände verkauft. Irinas Vater fand sich vor einem kleinen, räderlosen Wagen, aus dem Bier gezapft werden konnte. Sibirisches Bier mit kleinen Bären auf den Flaschen, was er schulterzuckend zur Kenntnis nahm, so wie alle Eingeladenen ihren zugelosten Stand zur Kenntnis nahmen. Beim Anblick ihres Gewinns ließen die meisten ihre Lose fallen, wo sie standen, und zogen ab, während der Verkaufsleiter Anekdoten zu jedem einzelnen Objekt wiedergab, die das Interesse für einen Kauf jedoch auch nicht wecken konnten. Von einer kleinen Bar neben einem Eingang im zweiten Stock, ein Eckplatz, der für viel Laufkundschaft gesorgt haben musste, sogar mit einigen Barhockern an einer Theke versehen, erzählte er jedoch, dass diese spezielle Bar einen eigenen Brunnen hatte, und Irinas Vater spitzte die Ohren. Soweit er wusste, gab es hier keine privaten Brunnen, nur die unzulängliche städtische Wasserversorgung. Also fragte er, und das nicht zu laut, ob dieser Brunnen rechtlich geschützt sei. Jener, dem die Bar per Los zugefallen war, zuckte mit einer Schulter, denn für beide reichte sein Interesse nicht aus, tauschte sein Los mit Irinas Vater und warf jenes, das er erhielt, achtlos zu Boden.

Der Deutsche suchte indessen die Mauern und Gänge nach möglichen Hinweisen auf seinen Schatz ab, wurde jedoch nicht fündig und kaufte billig die ganze Halle. Am Ende wurde ein Foto gemacht, von den beiden neuen Besitzern des Marktes, Irinas Vater, dem ein Brunnen gehörte, und ein Deutscher, der alles drumherum besaß, gemeinsam mit Irina, die das Kätzchen behalten durfte. Der Verkaufsleiter hatte es ihr zum erfolgreichen Geschäft mit ihrem Vater, den der Handel durch das Los nicht eine Kopeke gekostet hatte, geschenkt, und der Deutsche rollte mit den Augen ob des Gequiekes und Miauens des Tieres. Dies war die Geschichte davon, wie Irina Oskar bekommen hatte, und ebenso, wie ich niemals Irinas exaktes Alter erfuhr, blieb unklar, wie alt Oskar war.

Der Deutsche jedenfalls begann in den nächsten Wochen damit, den Markt Stück für Stück abzutragen, während Irinas Vater ihr einmal zuflüsterte, dass es außer dem Brunnen in dieser Stadt gar keinen Schatz gebe. Das Wasser war der Schatz und der Deutsche war zu blind, dies zu erkennen.

Die Arbeiter kauften Wasser und Bier bei Irinas Vater und nach einigen Monaten war der Markt verschwunden. Nur die Bar stand noch da, auf langen, hölzernen Pfählen mit einer neuen kleinen Holztreppe hinauf, wie ein Turm, den ein scharfer Wind aus den Sedimenten geschält hatte und der immer Wasser hatte, auch in der kommenden, größten Trockenzeit, die die Gegend je erlebt hatte. Irinas Vater hatte auch einen Taucher besorgt, der die Tiefe des Brunnens erkunden sollte, er kam zurück mit der Nachricht, dass der Brunnen unendlich tief sei, und damit hatte sich die Sache für Irinas Vater erledigt.

Irina erzählte er, dass er Anglerfische unten in der Tiefe gefunden habe, und fasziniert lauschte sie den Geschichten von den leuchtenden Tiefseetieren im Dunkel des unendlichen Brunnens. Langsam dämmerte auch dem Deutschen, dass allein der Brunnen von Wert war, jedoch hielt er – anders als Irinas Vater – nicht das Wasser für den wahren Schatz, sondern glaubte, dieser müsse sich in der finsteren Tiefe befinden. Er bat Irinas Vater, nochmals eine Erkundung des Brunnens anzuordnen, mit deutscher Technik und Ausrüstung sowie mehreren Tauchern, er würde die Untersuchung finanzieren und was er fand, gehöre ihm. Irinas Vater jedoch handelte dreißig Prozent für den Fundfall heraus, ansonsten würde er dem Deutschen den Zugang verwehren.

Also stieg eine weitere Expedition in den Rachen des Brunnens hinunter und nach endloser nervöser Wartezeit des Deutschen oben am Brunnenschacht, der überzeugt war, endlich belohnt zu werden, einfach Reichtümer entgegennehmen zu können, und noch endloserer Wartezeit von Irinas Vater, der sich langsam Sorgen machte, dass ihnen dort unten der Sauerstoff ausginge, und noch weit längerer Wartezeit zweier Kinder: Irina und Jevgenij, der erst schüchterne und schließlich Hand in Hand mit ihr durch die dreckigen Straßen jagende und in leeren Häusern umherturnende Sohn eines Tauchers, ein Halbwaise, doch sie »hatten einander«, zeigte er zu Boden, wo er seinen Vater gerade vermeinte. Bis ihn irgendwann die Länge der Abwesenheit des Vaters beschlich und so saßen sie auf den Stufen der Bar und Irina hatte Jevgenij Oskar in den Schoß gesetzt und sie saßen lange und warteten, bis die Expediteure wiederkämen.

Ihnen allen erschien es, aus diesen höchst unterschiedlichen Gründen, als würde die Untersuchung eine Ewigkeit dauern, und schließlich kehrte von der gesamten Expedition nur ein einziger Taucher zurück, in schwerer Atemnot, mit zerrissenem Anzug, zerfledderten Schläuchen. Tiefe, Dunkelheit, scheue Anglerfische, ein ständiges Huschen und Blubbern hinter sich, und etwas Großes. Der Deutsche war verärgert, der Taucher unter großer Angst vor dem großen Etwas verweigerte, je wieder in ein Gewässer zu steigen, und ebenso alle auffindbaren Taucher nach ihm. Der Brunnen wurde in Windeseile die düstere Legende des Tauchvolkes und Irinas Vater sah in Jevgenijs brechendem kleinen Gesicht, dass er verstanden hatte.

Der Vater stellte den Brauereibrunnen, mit dem er so viel Geld gemacht hatte, denn die Leute tranken viel Bier, und niemand wusste genau, wie viel Bier oder Geld, der Öffentlichkeit zur Verfügung, packte die beiden Kinder und die Katze ein und fuhr zurück nach Hause nach St. Petersburg. So hatte Irina Jevgenij bekommen. Der Deutsche soll sich später verarmt das Leben genommen haben, da all sein Hab und Gut in dieser verzweifelten Schatzsuche aufgegangen war.

Ich behielt mir eine gewisse Skepsis, was derlei Geschichten betraf: Nur weil jene Antennariiden das Maul so weit aufreißen konnten, als könnten sie sich selbst verschlingen, bedeutete das nicht, dass sie so groß waren, einen Menschen fressen zu können. So wie sich Fangzahnfische, die an der Luft einfach schmelzen würden oder die schwärzer als jedes bekannte Schwarz waren, sich jedoch gern als Steine tarnten, könnten es schließlich auch Steine, getarnt als Anglerfische, gewesen sein. [All diese Angaben sind unüberprüfbar. Nachforschungen zu sibirischen Städten, Wasseradern, Brunnen, Brauereien und Tiefseefischen führten bislang zu keinen Ergebnissen. Sollten Sie über Hinweise über einen solchen Ort, verlassen oder bewohnt, haben, wenden Sie sich an den Herausgeber dieses Manuskriptes, Dr. Weintraub. Anmerkung: Dr. Weintraub]

5 – Ein Geweih

Ich verbrachte mittlerweile fast jeden Nachmittag bei Irina und Jevgenij, die eines der ältesten Häuser der Stadt bezogen hatten, in dem man sich verlaufen konnte. Zu Beginn wagte ich kaum, in den hölzernen dunklen Korridoren um eine Ecke zu biegen, bis ich lernte, dass die Farben der schweren Vorhänge einem zeigten, in welchem Trakt des Hauses man sich gerade befand.

Einmal suchte ich für Stunden den Weg zurück und hatte gar nicht gemerkt, wie ich in den ersten Stock gestolpert war. Sogar heute noch ist mir das Zimmer mit den schweren dunklen Samtvorhängen und dem großen Kamin, dessen Fenster nach vorne zur Straße weisen, das vertrauteste. Meist tranken wir Tee und rauchten oder Jevgenij verschwand im Labyrinth des riesigen Gebäudes und kehrte mit Wein zurück.

An einem Tag, als wir uns von der Universität, wo wir aus Verlegenheit Orientierungskurse belegt hatten, auf den Weg zu diesem Ort machten, der mir immer mehr wie ein Theater denn eine Wohnung erschien, als könnten überall Falltüren aufgehen, Fenster hinter einem auftauchen oder Regale verschwinden, als beobachteten einen die Bilder oder ein im dunklen Zuschauerraum verborgenes Publikum – an einem dieser Tage jedenfalls, an dem ich mich bereits auf diesen Ausklang der Wirklichkeit gefreut hatte, war Irina regelrecht aufgeregt. Wie eine halb weggelutschte Hostie hing der Mond den ganzen Tag am Firmament ohne jegliche Absicht, je unterzugehen. Irina hatte meine Hand ergriffen und sie den gesamten Weg nach Hause fest gedrückt gehalten. Endlich verriet sie mir kichernd, was es war, das sie den ganzen Tag nicht stillsitzen hatte lassen, warum sie nicht aufhören konnte, ihre Finger nervös zu kneten, und warum sie nun die meinen in einem so festen Griff hielt, dass ich fürchtete, sie könnten blau werden: Sie war durch Zufall zu einem Wolpertinger gekommen und konnte es kaum erwarten, mir das außergewöhnliche Tier zu zeigen.

An der Universität hätten sie es einen Kryptiden genannt. Sie lachte laut, als sie meinen skeptischen Blick bemerkte, denn an Fabeltiere, so meinte sie, müsse man nicht glauben, es gebe sie ja trotzdem. Jevgenij schmunzelte nur amüsiert und zwinkerte mich an, während ich den Rest des Weges grübelte. Irina erzählte ausgelassen davon, dass Oskar den Wolpertinger erst vorsichtig mit der Pfote angestupst hätte, um angesichts seines Geschnuppers arrogant auf ihn herabzublicken, zu entscheiden, dass er ihn nicht mochte, und seiner Wege ging. Sie war außer sich vor Rührung und Entzücken und musste Menschen teilhaben lassen an ihrem Glück.

Für Oskar war dies kein ungewöhnliches Verhalten, tat er doch ohnedies nur, was er wollte, und stets das Gegenteil dessen, was Irina von ihm erwartete. Gewiss hundertmal hatte er mich mit seinen gelben Augen zu Tode erschreckt, indem er aus den dunklen Ecken dieser Wohnung plötzlich auftauchte, als gäbe es Schleichwege, Winkel, Löcher und Spazierstrecken über Balken, die nur für Katzen gemacht waren, wie ein eigenes Verkehrsnetz, das nur Oskar allein gehörte. Der Wolpertinger jedoch hatte anders entschieden und versuchte Oskar, der ihn so verächtlich ablehnte, seine Freundschaft aufzuzwingen und ihm kurzerhand zu folgen. Dieser wehrte ihn erst mit einer Pfote ungerührt ab, entschied dann aber genervt, in einem jener Winkel, von wo seine persönlichen Geheimgänge in jenes Universum führten, in dem er der unumstrittene Herr war, zu verschwinden. Der Wolpertinger, sagte Irina, habe so albern ausgesehen, wie er sich mit dem Gehörn unter dem großen roten Vorhang mit den goldenen Fransen verheddert hatte und strampeln musste, sich wand und mit den Hinterläufen gegen ein Tischbein schlug. Sie kicherte wieder. Sie war vernarrt in dieses Tier.

Als wir ankamen, strafte der Anblick meinen Unglauben mit einem viel zu lange offenstehenden Mund Lügen: Da saß ein Baumwollschwanzkaninchen auf dem Kanapee, kratzte sich mit einem Hinterbeinchen am Ohr und der Kopf schwankte unter der Last eines ausladenden Geweihes zwischen den Ohren, das die Körpergröße des armen Tieres weit übertraf. Ich fürchtete, er würde gleich vornüberkippen. So überzeugt ich auch während des ganzen Weges gewesen war, dass Irina ihm die Hörner angeklebt haben musste, so klar war nun, dass dies gar nicht möglich war. Die Hörner waren wie ineinander verdrehte Zweige,

Stränge, wie Weinranken, schwarz mit einem grauen Flaum darauf und kleinen, weiß leuchtenden Spitzen. Irina hatte den Wolpertinger wegen dieses erhabenen Leuchtens der Geweihspitzen Hyperion genannt, denn selbst in völliger Finsternis waren sie zu sehen. Ein Fabeltier mit dem Namen des ersten Lichts, das seinen eigenen Sternenhimmel auf dem Kopf herumtrug.

Sie strich ihm zärtlich über die Flanken, nahm ihn auf den Schoß und musste stets achtsam sein, um mit dem Gesicht den spitzen Enden des Geweihs auszuweichen. Oskar hatte es sich aus purer Eifersucht anders überlegt und drängte sich zu Hyperion auf Irinas Schoß, wobei er immer wieder abstürzte, was zu den unelegantesten Windungen führte, die je ein Mensch an einer Katze beobachtet hatte.

Wir trachteten an diesem Abend, ebenso wie an allen anderen, danach, Hyperion abzulichten. Er hatte jedoch mit der Last des Geweihs auf dem Kopf Schwierigkeiten, reglos zu sitzen, und jede Fotografie war verschwommen, als säße nicht ein Wolpertinger, sondern ein rauchendes Kaninchen auf Irinas Schoß, was für manche spektakulär genug gewesen sein mochte, doch dies wurde der Schönheit Hyperions nicht gerecht.

In den nächsten drei Wochen wuchs sein Geweih immer weiter an und metastasierte in sein Gehirn, sodass er bald Oskar und schließlich auch Irina nicht mehr erkannte und aufhörte, nach ihnen zu schnuppern. Als er starb, war das Geweih abgefallen, und seither trug Irina die oberste Spitze, seinen höchsten Stern, an einer Kette um ihren Hals. An der abgebrochenen Stelle war das Stückchen wie rosafarbenes Fleisch und am anderen Ende leuchtete eine Erinnerung. Jevgenij begrub ihn im Garten. [Für den vermeintlichen

Wolpertinger gibt es eine naheliegende Erklärung – das Shope Papillomavirus. Ein wildes Kaninchen musste jenes zahme Tier gebissen haben, das dann für einen kurzen Zeitraum in einer Traumwelt zum Lichtträger werden durfte. Anmerkung: Dr. Weintraub]

6 – Der Schatten

In dem Haus von Jevgenij und Irina befand sich das einzige Kabeltelefon weit und breit. Gelegentlich baten sie mich, es zu beantworten. Der Apparat hing hinten in einem schummrigen Gang. An jenen heißen Sommertagen, an denen wir in den dunklen Räumen, aus denen wir uns bemühten, die flirrende Sonne mit ihrer klirrenden Hitze auszusperren, uns auf die Sofas der verschiedenen Zimmer verteilten und uns mit Pfauenfederfächern Luft zufächelten, war seine Bedienung gewissermaßen kollektiv. Wenn es zum ersten Mal klingelte, raffte sich prinzipiell niemand auf, sich hochzuhieven, und auch beim zweiten Mal nur selten, denn wir alle dachten gleichermaßen: Wollen wir doch erst sehen, ob nicht ein anderer rangeht. Erst beim dritten Läuten wurde es lebendig im Haus, man konnte die Schritte aus den Nebenzimmern hören, so blieb man wieder stehen, denn einer war ja schließlich genug, um das Gerät zu bedienen, und ebenso verharrten die jeweils anderen beiden aufgrund ebendieser Erwägung in ihrem Schritt. Wieder folgte tiefe Stille und verzweifelt schrillte das Gerät ein viertes Mal. So fassten wir alle einen endgültigen Entschluss und prallten im Korridor zusammen.

An einem dieser hitzig schwülen Tage, an denen wir nur selten durch die Vorhänge lugten, um zu sehen, ob der

Mond nicht endlich aufstiege, um uns zu erlösen, trafen wir dieserart in jenem Korridor aufeinander. Irina stützte sich bereits, immer noch hektisch mit dem Fächer wedelnd, an einer Wand ab, Jevgenij lehnte sich an die gegenüberliegende und offenbar hatte nun ich Telefondienst.

Die Stimme am anderen Ende war mehr ein Krächzen mit einer ausgesprochen bestimmten Ankündigung eines Besuchs in knappen Worten. Ohne eine Antwort abzuwarten, war der Hörer des Anrufers bereits wieder auf die Gabel gefallen, sodass ein mechanisches Klingeln in meinen Ohren nachschrillte: Irinas Mutter würde demnächst eintreffen. Dies war sämtliche Information und ich hätte jenes Krächzen nicht zuordnen können, wusste also gar nicht, ob ich mit der Mutter oder einem Angestellten, vielleicht dem Haushälter oder einer ähnlichen Person, gesprochen oder wohl eher nicht gesprochen hatte, denn der Anrufer hatte nicht gefragt, sondern Tatsachen geschaffen. Ich hatte gedacht, Irinas Mutter sei tot. Jevgenij zuckte nur mit den Schultern. In Irinas Geschichten mussten wirklich immer alle sterben.

Wir wankten wieder zurück zu unseren Sofas und vergaßen den Anruf in der drückenden Hitze. Einige Tage später thronte Oskar bereits frühmorgens, wie es einem kätzischen Imperator zustand, auf einem ausladenden Fauteuil im Vorzimmer, das ihm als Audienzsaal diente. Seine langen schwarzen und weißen Haare fanden sich, seit die Frühlingsluft vor lange vergangenen Wochen bereits seinen Fellwechsel ausgelöst hatte, in grauen Büscheln im Haus verteilt und hier und da flohen sie vor Schritten mit dem Luftstrom in die dunkelsten Ecken, als seien sie Mäuse. Er streckte den Wanst in die Luft und zuckte im Traum gelegentlich mit einer Pfote. Da schrillte die Türglocke. Wie einige Tage zuvor vollzog sich unser kleines Spiel, bloß nicht selbst die Person zu sein, die der Glocke gehorchte, und so blieb schließlich das Öffnen der Tür ebenso an mir hängen. Ich nahm mir vor, das nächste Mal langsamer zu gehen.

Zu meinem Erstaunen trugen zwei Männer einen Sarg ins Vorzimmer und stellten ihn vor der Treppe ab, woraufhin Oskar die Flucht ergriff, als bedrohten Revolutionäre sein Zarentum. Irina und Jevgenij lag in jenem Augenblick alles Erstaunen fern, wussten sie doch, dass die Mutter stets mit Sarg reiste. Diese schlurfte, ihren Stock bei jedem Schritt hart in das Parkett stoßend, als sei es eine Pickhacke und sie eine Alpinistin, ins Haus. Eine überraschende Kraft schien dem ausgedörrten Mütterchen innezuwohnen. Den Sarg führe sie mit, damit klar sei, dass sie nicht vorhatte, ewig zu leben. Ihrem Aussehen nach war sie gewiss über neunzig und sie erklärte immer wieder, dass diese Gesellschaft besser mit ihren Toten als mit ihren Lebenden umzugehen pflegte. Vielleicht war sie Irinas Großmutter und sie nannte sie nur Mütterchen?

Die Mutter ließ sich auf Oskars Fauteuil nieder und klatschte in die Hände, woraufhin einige Männer Taschen und Koffer ins Haus brachten. Eine davon, eine rotbraune Ledertasche mit Kupferbeschlägen, deklarierte sie als Irinas Geschenk und ließ ein Schnauben in Jevgenijs Richtung los, dessen Blick als eine Mischung aus Belustigung und Verachtung für mich kaum zu deuten war. Doch sagten sie mir später, dass die Mutter ihn für einen Parasiten an ihrem Familienreichtum hielt und Irinas Vater niemals verziehen hatte, den »Proletenjungen angeschleppt zu haben«, als sei er ein Straßenköter. Selbst gegenüber Oskars königlicher Erscheinung hatte sie derlei Vorbehalte, weswegen dieser sich, sobald sie auftauchte, als sei er ein fluffiger runder Kuchen, in die erstbeste Hutschachtel verzog. Man habe das Tier nicht richtig domestiziert, fluchte sie und wischte verächtlich ein Büschel Haare von einem Kissenbezug. Irina lächelte, denn Katzen, so meinte sie, ließen sich nicht domestizieren, sie domestizierten vielmehr ihre Umgebung, während die Mutter darüber fluchte, dass sie stets nur Schaden anrichteten an Möbeln, Tapeten, Teppichen und Nerven.

Irina beschloss, ihr Geschenk zu öffnen, und löste die Schnalle der roten Taschen, um sie inspizieren und überschwänglich loben zu können, so wie die Mutter es erwartete. Sie hatte angesetzt, darüber zu sprechen, dass dieses Gepäckstück vorzüglich geeignet sei, um in den Süden zu fahren, und die Mutter mäkelte, dass so feines Leder in südlich-schwüler Luft und sandigen Meeresbuchten nichts verloren habe.

Da sprang, als wäre es der lange, tiefschwarze Schatten Oskars in der grellsten Abendsonne, eine schwarze Katze mit nur wenigen grauen, auf der Nase leuchtenden Härchen und fleckigen gelben Augen über die Mutter hinweg und nahm ihren Geist gleich mit. Mit weit aufgesperrtem Maul, als ginge es darum, ein Kaninchen zu töten, fegte das schlanke Tier über sie. Es hatte sich wohl in der Tasche verkrochen gehabt und war unfreiwillig mitgereist, und auch die Mutter schien das Geschöpf noch nie gesehen zu haben. Eilig verschwand es in einem dunklen Korridor und ich sah es später zwar noch einige Male umherhuschen, doch es gab keine Gelegenheit für alberne Fotos, wie Irina sie so gerne mit Oskar machte, der unter viel Zureden manches über sich ergehen ließ – sich mehr als fünfmal den Bauch kraulen zu lassen jedoch nicht. Ansonsten stand er willig Modell für Irinas Portraitfotografien. Auch schien der schwarze Schatten Irina in bestimmten Mondphasen aus dem Weg zu gehen, in Kleiderschränken zu schlafen, nämlich immer, wenn sie zu aktiv wurde und motiviert war, ihm fröhlich kichernd hinterherzujagen: Bei Neumond war sie stets erschöpft, geradezu narkoleptisch, und gegen Vollmond hin wurde sie reger, wie ein Schmetterling im Frühling. Schrill und laut war sie, wenn der Mond grell war, und fast zum Fürchten, dann lachte sie zu laut und zu oft. Ungeachtet dieser Launen wandelte sie durch die Stadt, mal mit dem Blick jedem Vögelchen auf seinen Wegen durch den Park folgend, mal wieder traumtänzerisch bis leichenhaft.

Einmal erhaschte sie ein Bild von dem schwarzen Fellteufel, aber auf der entwickelten Fotografie war nur ein dunkler, verschwommener Fleck zu erkennen. Die Mutter jedenfalls wurde in ihrem mitgebrachten Sarg beerdigt. Irina und Jevgenij kümmerten sich um ihre Bestattung vor Ort, informierten noch jene, die es betreffen mochte, von den Umständen des Muttertodes – friedlich entschlafen, denn über Herzattacken spricht man nicht. Mit diesen Worten hatte es die Mutter in dem Erlass für die Bekanntgabe ihres Todes vorsorglich festgelegt. Gegen eine Spende für sein Krankenhaus stellte der Totenbeschauer, ein Arzt namens Weintraub, gleichmütig den Totenschein gemäß den Wünschen der Mutter aus, sie war alt, sie hätte eben nicht mehr reisen dürfen. [Formulierung des Subjekts, nicht Weintraubs. Anmerkung: Dr. Weintraub]

Lange dauerte es, bis Oskar seine behütete Trotzburg verließ, und während der ganzen Prozedur der Aufbahrung schien er sich über den Geruch zu wundern, den sein jammervolles Geheul letztendlich zur Folge hatte. Die Hitze drückte ihn in alle Räume, als wolle sie noch das Letzte aus dem Leib der Toten herauspressen. »Dein degeneriertes Tier reicht Beschwerde ein«, sagte Jevgenij zu Irina, als wir auf den Leichenwagen warteten. Das Gejammer des Tieres darüber, warum sich dieses dürre alte Menschlein nicht wie alle anderen Tiere zum Sterben verkrochen hatte, sondern mitten auf seinem, Oskars, ureigenem residialen Mittelpunkt versunken war, als hätte er den neuen Schatten im Hause gar nicht bemerkt, war äußerst theatralisch.

7 – Lebendige Kunst

Wir hatten bereits begonnen, Pestschnäbel zu tragen. Die Ärzte stopften sie aus und untersuchten Patienten auf Distanz mit einem Ausziehstöckchen, um an den blauen Flecken die Krankheit abzulesen. Gerade Weintraub schien Freude daran zu haben, andere mit einem Stöckchen zu piken. [Niemand hatte Freude daran. Anmerkung: Dr. Weintraub]

Das alte Haus wirkte wie ein Theater. Das mochte, in heißen Sommern ebenso wie in finsteren Wintern, auch damit zusammenhängen, dass darin ebensolches gespielt wurde. Irina liebte das Theater: die Kulissen, die Fassaden, die Schauspieler, die Visionen und den Wahn, dem sie verfallen konnten. Doch das städtische Theater war seit Jahren nur ein leeres Skelett, aus dessen Fenstern zerrissene Segel wehten, mit denen die Arbeiter, die es restaurieren hätten sollen, abgehängt hatten, was vor Mörtel und Farbe geschützt werden sollte, einem Piratenschiff gleich.

Ein Finanzskandal habe zum Abbruch der Renovierungsarbeiten geführt, Näheres konnte man aus den Zeitungen jedoch nicht erfahren. Man gab den Pestschnäbeln die Schuld am Niedergang. Wollte Irina also Theater haben, musste eines eigens erschaffen werden, und Jevgenij legte als Schöpfer von Tragödien sowohl Talent als auch Überheblichkeit an den Tag: Während er sich schrecklich echauffierte, bemängelten Irina oder ich etwas an seinen vermeintlichen Meisterwerken; für Irina war dies zumeist die Schauspielkunst, die man sich besser nicht zu kritisieren erdreistete, und das vermutlich mit gutem Recht. So kam es, dass während ihrer gemeinsamen Proben das eine Mal Jevgenij, das andere Mal Irina empört aus dem Dachboden, der wegen seines malerischen Lichts als Theatersaal diente, hinausstürmte. Allzu häufig geschah es, dass Irina es wagte, bei aller gebotenen Vorsicht, Jevgenijs Gesprächskonstellationen zu bemängeln, und Oskar stimmte der Klage laut jaulend zu, obgleich dies ebenso den sich ständig verschiebenden Fütterungszeiten geschuldet sein konnte, denn die Kunst war allzu oft wichtiger als der Magen des Katers. Wenn alle Theater spielen, fragte ich mich, wer sah dann noch zu? Vermutlich blickten alle am meisten auf sich selbst.

Jevgenij herrschte Irina und mich sodann an, dass wir ahnungslose Stümper seien, packte den Kater und die Tür schlug hinter ihnen zu, als sie bereits die halbe Treppe hinabgerannt waren. Mag sein, dass er die Seele eines avantgardistischen Poeten hatte, und er sparte nicht mit scharfen Worten, sodass er sich oft in die eigene Zunge schnitt. Irina musste deswegen häufig in Oskars Fell heulen, weil, so Jevgenij, wir nichts von der Kunst des großen Gefühls verstünden, doch am Ende schien man Oskars jammervollen

Auftritt stets als fehlgeleitete Kritik meinerseits wahrzunehmen. Irgendwann richtete sich die Stimmung immer gegen mich, dabei hatte ich mich gar nicht zu den Künsten geäußert. So achtete ich darauf, dass vor einer ihrer Premieren Oskar immer einen Happen zu sich nahm, und dann saßen wir, also ich mit dem Kater am Schoß, und warteten auf das Spektakel. Mir war es gerade noch gestattet, die eine oder andere Kulisse zu malen, und man lobte mich überschwänglich für dilettantische Nachtszenen mit Laternenschein, ebenso wie für diffuse Urwaldpflanzen mit Kapuzineräffchen und Fingertieren.

An manchen Abenden erlaubte ich mir Mona mitzubringen, die sich an meiner Freundschaft mit den beiden stieß und – in opferhafter Pose – meinte: »Sie mögen mich gar nicht. Stets laden sie nur dich ein.« Mona war gerne das Opfer.

An einem dieser Abende spielten sie ein kurzes Stück, das größtenteils aus einem Monolog Jevgenijs bestand, gerade so, als hätte er Irina den Raum nehmen wollen. Er stand vor einer Tür, ihrer Tür, sie war im Stück eine Mutter, und er wetzte vor dieser Tür auf und ab und auf und ab und wagte kaum zu klopfen, hatte Angst, hineinzugehen. Er sei lange nicht mehr hier gewesen, erklärte er, seit Jahren gar. Irinas Arm sank vom Kanapee. »Ich habe ihre Tochter verkauft«, sagte er und nannte sie »das kleine Miststück. Sie schaukelte und ich habe verhandelt.« Nun sei er in die Stadt gekommen, da die Polizei ihn bat, in dem Vermisstenfall vorstellig zu werden, zu überprüfen, ob es sich bei dem gefundenen Mädchen, das ja nun zehn Jahre älter sei, um die kleine Rachel handelte, jedoch sei sie es nicht gewesen. »Diese Kreatur würde ich überall erkennen. Eine andere Kreatur war es, die noch eine Rechnung mit mir offen hatte. Aber dass Maria so zerbrochen ist, damals, das schmerzte mich. Wie ich sie hernach suchte! Lampen und Hunde. Sie zerbräche weit mehr, hätte sie wieder Hoffnung und erführe, diese wäre falsch. Deswegen habe ich die Herren vom Amt gebeten, stets nur mich anzurufen.«

Während Jevgenij sprach, wankte Irina durch das Zimmer, trank und sah aus, wie es nur einer zwanzig Jahre lang trauernden Mutter zustünde, hätte sie zufällig das Glück gehabt, über Irinas Attribute zu verfügen. Erstaunt nahm sie einen Brief neben der Tür wahr, öffnete ihn. Las ihn. Da rang sich Jevgenij durch, endlich die Klingel zu betätigen, und sie öffnete die Tür der Wand auf der Bühne, nur für derlei hatten sie diese Tür, und fiel ihm um den Hals: »Lebend, ich werde sie lebend wiedersehen!«

Sie verbeugten sich und Irina hatte Jevgenijs gesamten Monolog allein mit ihrer fallenden Hand schon zum Verblassen gebracht. Mona fand Jevgenij geschmacklos und zeterte, dass sich das nicht gehöre. »Was geschieht mit dem Miststück, das noch eine Rechnung mit dir offen hat?«, fragte ich und Jevgenij applaudierte: Das würde der Dreh- und Angelpunkt der nächsten Darbietung sein. Gerade das war eine der Besonderheiten an den Darbietungen der beiden: Das Publikum konnte sich Applaus verdienen. Jevgenij lobte sich selbst als Erfinder von Seelen. Oskar rollte sich von meinem Schoß und schlich die Treppe hinunter in Richtung des Champagnerglases, das man ihm als Futterschale zugedacht hatte, denn die Mahlzeit nach dem Theater gehörte für ihn dazu wie das Amen zum Gebet.

Mona hatte das Haus indes unbemerkt verlassen und erst Monate später würde sie mir erzählen, dass ihre Tante Maria eine Tochter namens Rachel gehabt hatte, die als Kind verschwunden war. Oft wurde spekuliert, dass ihr Onkel sie für das Begleichen von Spielschulden an einen Kinderhändler verscherbelt hatte, und noch schlimmer: Ihre Mutter soll es vertuscht haben. Zumindest gäbe es keinen Kontakt mehr zwischen den Familien. Ein Schicksal, das Mona jahrelang selbst fürchtete. Nachdem Mona gern das Opfer war, zweifelte ich etwas an ihrer Schilderung. [Tatsächlich gab es einen Vermisstenfall in der Stadt, jedoch war eine gewisse Maria, Tochter einer gewissen Rachel, vermisst worden, ob es sich jedoch um Verwandte von M. handelte, geht aus den Akten nicht hervor. Anmerkung: Dr. Weintraub]

Was für einen Rechercheaufwand Jevgenij und Irina ihres Erachtens betrieben haben musste, nur für solch einen grausamen Scherz. Ich sagte ihr, dass diese Gedanken Züge von Paranoia zeigten. Als ich Jevgenij davon berichtete, zuckte er nur mit den Schultern, denn kein Schicksal gebe es auf der Welt nur ein Mal, und die Kunst sei eben doch nicht besser als das Leben, sondern Leben selbst.

8 – Lebensfreude

Es war um diese Zeit herum, als Mona mir aus dem Weg ging und ich auch sonst kaum mit einem Menschen Umgang pflegte. Ohnedies schien meine Existenzberechtigung in jener Zeit darauf zusammengeschrumpft zu sein, einer beliebigen Anforderung Jevgenijs und Irinas Genüge zu tun, selbst wenn mir niemals klar war, welche das sein sollte. So ließ ich mich leicht hinreißen, zu ihrer ständigen Begleitung zu werden, mich um Oskar und das eine oder andere Element des Hauses zu kümmern, um nur manchmal wie aus einer Trance aufzuwachen und mich zu wundern, weswegen ich den befederten Staubwedel führte.

An einem kühlen, frühen Herbstabend, dessen Kälte die klirrende, schabende Schärfe des Winters innewohnte, riss mich ein lautes Lachen aus diesem betäubten Zustand.

Zwar hatte Irina die schlechte Angewohnheit, plötzlich grundlos laut aufzulachen, doch dieses Lachen, an diesem schneidenden Abend, gehörte nicht dazu. Die Kälte blieb mir so gut in Erinnerung, da Irina, ohne einen Mantel anzuziehen, sich zur Vordertür hinauswarf, und Jevgenij und ich ihr, ebenfalls ohne eine weitere schützende Schicht Stoffes, einfach folgten. So standen wir zu dritt mit offenen Schnürsenkeln: Sie hatte einen zweiten Mond am Firmament entdeckt und wir starrten das Gebilde an, das unseren bekannten blassgelben Begleiter in leuchtendem Blau zu spiegeln schien. Als liefe ein Schiff aus, hoch über dem Horizont, so starrten wir. Jevgenij hielt den zweiten Mond für eine Illusion, doch Irina war überzeugt, dass es sich um einen echten Mond handelte, der nun freundlich in unseren Orbit gezogen worden war. »Höchstens ein kosmischer Eisklotz«, gestand Jevgenij nach einigen Wochen zu, aber vermutlich meinte er es nicht so. Schon bald würde man bemerken, dass dieser Mond nicht echt war. Sie wusste genau, was ich von diesen Spinnergeschichten hielt, und dass ich von ihr erwartete, sich eine eigene Meinung zu bilden. Ich verzieh ihr dennoch, dass sie diese Mondgeschichte, die durch die Zeitungen geisterte, einfach so glaubte und ich war zu müde zum Streiten. [So einfach verhält sich die Sache nicht. Anmerkung: Dr. Weintraub]

An diesem Abend wurden wir nicht mit unseren schmerzenden Nacken, wie man es erwarten würde, von Oskars gequält-hungriger Stimme ins Haus zurückgerufen, sondern vielmehr getrieben von drei Schüssen, die, wie wir später erfuhren, zu drei Toten geführt hatten. Doch konnten wir uns keinen Reim darauf machen, was es gewesen sein mochte, das jene drei – die Frau eines Bankiers, den Theaterdirektor, dessen Tod das einzige Drama war, das sein Theater erlebte, und einen Totengräber – miteinander verband. Das führte dazu, dass die Toten länger, als der Gewohnheit geschuldet, nicht beerdigt wurden.

Jevgenij hatte in dieser Zeit begonnen, Papirossy zu rauchen. Und da saßen wir, mit gesalzenem Essen und Cognac, grübelnd, ob es nur eine Übung gewesen sei, die Folge einer missglückten Erpressung, ein politischer Akt oder gar das grausame Vergnügen eines Einzelnen. Es gäbe wohl Probleme, meinte Jevgenij, und gesellschaftliche Probleme seien eben wie Schaben – sobald sie ans Licht kämen, würden sie sich ängstigen und verschwinden. Doch ans Licht kam lange nichts, nur noch mehr Schüsse an manchen Tagen, gelegentlich auch nur einer.

Ein Reporter, ein Koch, ein Maschinist – der Scharfschütze war ebenso wenig zu erkennen wie sein Platz, der sich hoch über den Dächern befinden musste, doch in Kirch- und Sirenentürmen war er nicht zu finden. Unsichtbar war er, wie Schaben es eben sind.

Irina widersprach Jevgenij vehement, schließlich verschwänden Kakerlaken nicht einfach, sie würden sich nur hinter Tapeten und unter Teppiche verkriechen, denn irgendwann würde es gewiss wieder dunkel werden. Überhaupt schien sie mittlerweile alles über Insekten zu wissen, denn zu lesen bedeutete für Irina zu lernen, und dies war gleichbedeutend damit, ein jedes Buch von Anfang bis

Ende durchzugehen und dabei dem Denken freien Lauf zu lassen. Denn waren nicht die eigenen Gedanken die lehrkräftigste Methode, neue Materie in das eigene Wissen einzufügen? Oft schweifte sie in diesen Gedanken jedoch so weit ab, dass sie, anstatt wie üblich nur wichtige oder vielmehr »nochmals zu lesende«-Stellen markierte, Seite für Seite, Kapitel für Kapitel ihre dicken Linien zog, während in ihrem Kopf Wort für Wort die Laute des Buches nachhallten und sie doch nur an Oskars Treiben dachte, sich um die Mutter in St. Petersburg sorgte, um die man sich nun nicht mehr sorgen musste. Auch wenn der Totengräber mittlerweile tot war, lag die Mutter irgendwo gut gekühlt, man würde sie schon beisetzen.

Erstaunlich war, dass Irina gerade Kakerlaken, vor denen sie sich bei jeder Begegnung ekelte, in der Theorie am meisten liebte. Die Funktionen des Oberschlundganglions seien bei Insekten mit derart langen Fühlern am ausgeprägtesten, begründete sie ihre Faszination. Oberschlundganglion! Was für ein Wort für ein nicht mehr als angedeutetes Gehirn!

»Warum soll ich auch einen Kakerlak nicht lieben dürfen?«, fragte sie mit der Zunge schnalzend und warf Jevgenij vor, dass wer die Schaben nicht respektiere auch andere Kameradschaft nicht verstehe. Das ging so weit, dass Irina Jevgenij weiszumachen versuchte, sie selbst habe eine Art Oberschlundganglion und könne den Scharfschützen mit unsichtbaren Fühlern wahrnehmen. Erhobenen Hauptes machte sie ihre Abendspaziergänge über die Promenaden im Schein zweier Monde und wunderte sich insgeheim, Recht behalten zu haben und nicht erschossen worden zu sein. In diesem kalten Herbst waren keine Menschenmengen in den Parks mit den leuchtenden Girlanden anzutreffen und wer nach draußen ging, duckte sich konsequent unter Dächern und an Hauswänden entlang, sodass man den Kalk der Wände auf allen Kleidungsstücken sehen konnte. Doch in den Häusern wurde gesungen, als wären alle lebendiger in diesem Hier und Jetzt, weil die Menschen wussten, man musste jeden Augenblick, den man noch atmete, nutzen, denn bald schon würde man um sein Leben rennen müssen. Nur Irina rannte nicht.

Als man jemanden für die Morde zum Tod durch Erhängen verurteilte und sich die Schaulustigen, zu denen wir uns hier auch zählen mussten, am Hauptplatz versammelt hatten, war es mitnichten nur der Scharfschütze, der am Ende den Kopf hängen ließ, sondern mit ihm das ganze Publikum. Selbst mich bedrückte dieser Verlust von Furcht, obgleich ich nicht verstehen konnte, warum mir ein solcher Stein der Tristesse in den Magen gesunken war. Nur Irina, deren Kopf hoch und elegant über den Schultern stand, sagte: »Das war er nicht.« Als hätte sie es gefühlt, donnerten nach einer winterlichen Pause im Frühjahr präzise Schüsse durch den Kopf des Bürgermeisters und eines Spirituosenherstellers.

9 – Ein Jahrmarkt

Man hatte den vermeintlichen Scharfschützen soeben erst außerhalb der Friedhofsmauern verscharrt, als überall die Nachricht eines bald eintreffenden Jahrmarktes mit grellen Plakaten angeschlagen wurde. Auf den Litfaßsäulen sah man Karusselle, eine Wahrsagerin mit zugenähten Augen, die wohl ein Zigeunerklischee mimen sollte. ›Gesundheit!‹ rief das Plakat mit dem Karussell aus, ›Stärke!‹ jenes mit dem tanzenden Bären, ›Gestohlene Seelen!‹ jenes mit den Clowns. Gewiss würde es eine Geisterbahn geben!

Auch einen Marktschreier, der das Spektakel bewerben sollte, hatte das fahrende Volk und er rief »Rundherum! Rundherum!«, als er vom Karussell sprach. »Reichtum, Macht, Lust und Ruhm! Die Hexe schenkt es euch auch! Geheimnisse für Glück, ein guter Tausch!« Dabei blitzten seine Augen weiß. Ich trat langsam näher an ihn heran. Nur ein Auge war echt, das andere war vermutlich aus Glas. Dann bückte er sich in Richtung einiger kleiner Kinder: »Mädchen und Bübchen, esst euer Süppchen, dass der Tintenmann euch nicht greift und unter die Erde schleift.«

Überhaupt schien all das ziemlich albern, doch die Kinder, halb ängstlich, halb vergnügt, krallten sich an die Kleider ihrer Mütter. Auf einem Plakat fand sich eine Raubkatze, die einen durchwegs traurigen Eindruck machte, den der Illustrator ihr wohl nicht nehmen konnte. Ich seufzte, hatte ich doch schon immer Mitleid mit zahnlosen Katzen. Krustig gefrorene Blätter jagten lärmend über das Pflaster und so stand der bedauernswerte alte Mann da und rief vor sich hin.

Doch der Jahrmarkt kam nicht. Es gab keine Zelte und Wägen, keine Darbietungen und exotischen Tiere, keine Feuerschlucker: Tag um Tag stand der Alte da und rief und rief, für Tage, Wochen, doch der Jahrmarkt war nirgendwo zu sehen. Wäre er nicht auf dem Marktplatz zu erwarten gewesen? Sollte man nicht einfach dem Geruch von Tierkot folgen können, um ihn zu finden, wie es für einen derartigen Zirkus üblich ist?

Irina lächelte den Mann stets freundlich an, wenn sie an ihm vorbeiging, und er hob für sie den Hut. Vielleicht war er aus der Seelenheilklinik entkommen und es gab in Wahrheit nichts von dem, was er rief? Vielleicht hatte er die Plakate und Ankündigungen selbst gemalt in Ermangelung von Fotografien von echten Tieren, die man hätte abbilden können?

Jedes Mal, wenn ich den Marktplatz kreuzte, erwartete ich, dass die guten Männer aus der Einrichtung ihn geholt haben würden, doch er stand und rief seine düsteren Ankündigungen über das schauderhafte Entzücken in seinem Kopf.

Eines Abends, als die Monde hungrig aussahen, warf mir Irina meinen Mantel zu, und ohne zu fragen, was sie vorhatte, ließ ich mich von ihr in die Nacht hinauszerren, und ein Zerren und Ziehen war es, den ganzen Weg über, den sie an meinen Arm geklammert verbrachte, als sei ich ein Drache aus chinesischem Papier und könnte sonst davonfliegen, oder als sei sie ein Spitz an einer Leine.

Der Abend war so fortgeschritten, dass der Alte selbstverständlich nicht mehr auf dem Marktplatz stand, denn in solch klaren Nächten war es entsetzlich kalt. Irina zog mich bis zum leeren, halbrenovierten Theater und kroch durch ein Kellerfenster hinein. Mir behagte dies selbstverständlich nicht, doch konnte ich sie nicht allein durch ein baufälliges Gebäude kriechen lassen. Ich wunderte mich unermesslich, nicht ein leeres staubiges Gebäude mit Bauschutt, sondern ein wahres Kuriositätenkabinett vor mir zu finden, und durch die Räume hallte fern von der Bühne die Stimme des Alten.

Der Weg im Keller, den wir entlangschlichen, war gesäumt mit Gestalten in Glaskästen. Eine zuckte plötzlich mit dem Kopf, wandte mir das Gesicht zu und ihr Lächeln war keines, da in ihrem Antlitz nicht Mund und Nase zu finden waren, sondern nur ein schwarzer Abgrund zwischen zerrissener Haut hervorlugte. Ich zuckte und hörte Jevgenijs Lachen hinter mir, den meine Schreckhaftigkeit bei seinem plötzlichen Erscheinen sichtlich amüsierte, während ich den Blick kaum von den traurigen Augen abwenden konnte.

Wir drängten uns im Zuschauerraum zu unseren Sitzen. Jevgenij zischte mir zu, dass das Gesicht doch nicht echt sei, und ebenso sagte er, es sei nicht echt, wenn die Akrobaten, die sich gegenseitig in die Luft warfen, einen von ihnen fallen ließen, der dann mit verdrehtem Genick und in den Himmel ragenden geknickten Beinen, gleich einem Insekt mit zerquetschtem Kopf, auf dem Bühnenholz landete. Der alte Mann schob ihn mit einem breiten Besen einfach beiseite. Irina klatschte in die Hände. Ich war unsicher, was zur Vorstellung gehörte und was nicht, fühlte mich unwohl, aber Irina lächelte unentwegt, mir immer versichernd, dass es sich nur um Illusionen handelte.

Über den Jahrmarkt verloren die Zeitungen keine Tinte. Was wir im halbverfallenen Theater gesehen hatten, mussten wirklich Trugbilder und Täuschungen gewesen sein. Irina amüsierte sich über meinen Mangel an Weltgewandtheit.

Irina hatte an jenem Abend eine Münze in einen der Jahrmarktsautomaten gesteckt, der eine Melodie von sich gab, und ich hatte einen weisen Spruch und wahrsagende Scharlatanerei erwartet, jedoch klärte das Kärtchen, das aus dem Schlitz rutschte, sie darüber auf, dass sie nun ein

Kind in einem fernen Lande besitze, dafür werde sie Ruhm und Reichtum ernten. Irina hatte gelacht und erneut in die Hände geklatscht.

Jevgenij würde noch Wochen später behaupten, dass das tanzende Schwein am Ausgang sein Portemonnaie gestohlen habe, als er es streichelte und es vergnügt grunzte und quiekte, weswegen er nichts erworben hatte, dass die dort dargebotenen Illusionen jedoch erste Güte und neueste Methodik gewesen seien. [Da Dr. Weintraub dem Jahrmarktstreiben nicht beiwohnte, können wir uns keine Einschätzung über die Korrektheit der Angaben des Subjekts erlauben. Anmerkung: Dr. Weintraub]

Der Direktor des Instituts, bei dem wir uns mit unseren Künsten beworben hatten, hatte begonnen, regelmäßig für ein Blatt zu schreiben, und deklarierte, es gäbe nur einen Mond, der andere sei bloße Lüge, während in anderen Zeitungen andere Direktoren verkündeten, es sei geradewegs umgekehrt und die anderen seien Verschwörer, denn, wie er richtig bemerkte: Wo hätte denn der zweite Mond plötzlich herkommen sollen und wenn, wie ich vermutete, er recht hatte und der zweite Mond eine Täuschung war, blieb nur noch die Frage zu beantworten, was oder gar wer diese ausgelöst haben könnte.

Ich schleppte mich geradezu überwältigt von den Eindrücken des Abends zurück in meine kleine Wohnung. Der Mond wankte betrunken, palaverte mit den Schatten. Ich schlief schlecht in dieser Nacht und wurde mehrfach aus dem Schlaf gerissen von einer großen knochigen Hand, die über den Paravent, der mein Bett vor dem Mondlicht schützte, kroch. Ich erschrak so sehr, dass ich die Bettdecke wie zur Abwehr über die Kommode stieß, die sich daneben befand, und einmal, zweimal, dreimal das Gefühl verspürte, als wäre jemand über mein Grab gestiegen, als sei ich eine Violine, und ein Hauch zupfte einmal, zweimal, dreimal fest an meinen Saiten, als wolle er diese und zugleich meinen Geist herausreißen aus meinem Körper, der sich jedes Mal nur mit dem Aufwachen am Leben erhielt.

10 – Nachtmahre

Ich hatte seit dem letzten Morgen nichts gegessen und verspürte zwar Hunger, jedoch kein Bedürfnis, mich auf die Suche nach einem Mahl zu machen. Plötzlich verspürte ich eine Geistesverwandtschaft zu Oskar.

Alle, die mir an diesem Morgen begegneten, als ich mich mühselig voranschleppte, stets, wie es sich gehörte, die Nähe zu Hauswänden und Vordächern suchend, schienen mir ebenso halb verhungerte Kreaturen zu sein wie Irinas Kater. Eine dieser Kreaturen taumelte bettelnd von Straßenseite zu Straßenseite, wankte auf mich zu und wollte mir Glück oder Elend prophezeien. Ich gab ihr etwas Geld, ich weiß nicht warum, vielleicht, damit sie endlich aufhörte, mitten auf der Straße zu gehen. Eine weitere dieser Gestalten begegnete mir auf meinem Weg, doch ich hatte kein Geld mehr, gab ihr also ein Stück Papier, und mit großer Sorgfalt rollte sie es auf und steckte es in eine Tasche.

Ich stolperte den Treppenabsatz zu Irinas und Jevgenijs Tür hinauf, drückte den Knauf hinter mir mit lautem Knacken zu und sank seufzend zu Boden, ohne zu merken, dass Irina gerade im Flur hinter mir stand: »Wurde wieder geschossen? Ach, ich höre es schon gar nicht mehr«, sagte sie und entschwebte in ihrer gewohnten Eleganz, ohne sich weiter um mich zu kümmern. Kein Wort sagte ich von meinen Träumen, was hätte ich auch sagen können? Schließlich gab es keine Geschichte, keine Figuren, kein Geschehen, nur das Gefühl einer großen geigenden, zupfenden Hand.

Zumindest verließ ich dieses Haus vorerst nicht mehr, richtete mir im zweiten Stock in einem der leeren Zimmer ein Bett, was von beiden mit stillem Einverständnis bedacht wurde, und ich nickte nur stumm, als Jevgenij fragte, ob mich der Scharfschütze so erschreckt habe, während er mir ein Gläschen Kirschlikör in die Hand drückte. Wozu sich die Mühe machen zu lügen? Nicht alle Lügen waren märchenhaft, auch wenn hundertmal alle Märchen Lügen waren. Wir alle haben doch ein Geheimnis, gut verborgen und verschlossen in den Dachböden unserer Seelen, und meine alberne Angst vor meinem eigenen Bett war eben das meinige.

Nachts stachen Nadeln kupferfarbenen Lichts aus den Schlüssellöchern der Korridore und ich wankte zufrieden in mein Bett, bereits in der ersten Nacht feststellen müssend, dass es hier nicht meine Träume, sondern die Bewohner waren, die mich im Schlaf heimsuchten: Ich erwachte zur traurigsten Musik, die ich je gehört hatte, und war dankbar, dass es sich um keine Violine handelte. Der Raum lag in Dunkelheit und ich wusste nicht, wie spät es war.

Einer der Monde silberte ein wenig auf das Parkett hinab, und da nahm ich das schwere Parfum Irinas wahr und fragte mich, ob alle Frauen Parfum auftrugen, ehe sie zu Bett gingen. Es hatte keine Ähnlichkeit mit dem Duft sommerlicher Blüten, der ihr tagsüber folgte, sondern zog süßlich und schwer, mit einer Ahnung Opium, einer dicken Decke gleich über mich hinweg.

Ich wusste nicht, warum sie in meinem Zimmer stand, was es war, das sie summte, eine Art »Ladadidadum«, aber mir war, als wollte ich sie trösten. Als müsste ich einer Verpflichtung nachkommen, die Schutz, Beistand oder eben Oskar das Champagnerglas zu servieren erforderte. Ich fühlte mich krank und schwach, konnte die Arme nicht heben, und sie sank nieder an meinem Bett, ihre winzige weiße Hand auf mein Brustbein gelegt. Nur diese leichte Berührung und ein verschwindendes Echo ihrer Stimme, die langsam die Nebelschwaden von meinen Sinnen fortzogen. Es schien, als flüsterte sie meinen Namen, doch sie tuschelte: »Es brennt.« Wer flüstert denn, wenn es brennt, fragte ich mich und tuschelte zurück. »Der Brandstifter«, antwortete sie, während ich wieder in den Schlaf sank.

In dieser Nacht war ein Haus auf der gegenüberliegenden Straßenseite ausgebrannt und Jevgenij lachte über mich und meinen tiefen Schlummer, dass ich nicht einmal die Dachbalken herunterkrachen gehört hatte. Die Erschöpfung, die ich durch den vorhergehenden Tag gezerrt hatte, schleppte ich auch an diesem Morgen weiter.

Ich wanderte von Raum zu Raum und wunderte mich über Irinas Fröhlichkeit und wie ausgelassen sie – den blumigen Duft hinter sich herziehend – barfuß über die kalten Dielen hopste. Jevgenij schlichtete Holz in den Kamin, und während sie sich angeregt unterhielten, ließ ich mich von dem Knistern weg durch die Gänge treiben.

Ich kann mich nicht erinnern, wann ich mich in meinem neuen Zimmer zu Bett begab, doch in dieser Nacht träumte ich, dass ich in einem riesenhaften Kaleidoskop gefangen war, und jemand, etwas, wovon ich nur ein großes Auge erkennen konnte, blickte durch die Linse und drehte mich, bis ich bunte Glasscherben erbrach. Glänzende Insekten flogen umher zwischen den Spiegeln und ich erwachte, als hätte mir jemand puren Kaffee direkt in die Venen gedrückt.

Ich fühlte mich fiebrig und Sonnenlicht fiel auf mein Bett, als ich Jevgenij am Schreibtisch sitzen sah. Ich konnte jedoch nicht sprechen oder gar denken und lächelte nur dümmlich vor mich hin, bis er mich anblickte, aufsprang, mich fragte, ob ich etwas benötigte, mein Kissen zurechtrückte.

In der nächsten Nacht heulte Oskar vor meiner Tür und erstmals erlebte ich, welch Teufel in dem schwarzen Schatten mit den bohrenden Augen und dem nervösen Temperament tobte: Er jagte durch das Zimmer, warf Kerzenständer, Briefstapel und Blumenvasen um und am nächsten Morgen war es nicht eine tote Maus, die ich vorfand, sondern es waren zwei, genau genommen zweieinhalb, denn eine Hälfte hatte das hagere Tier wohl gefressen. Die Füße auf den Teppich zu stellen, ohne mich umzusehen, hatte sich als Fehler erwiesen, quollen doch die Mäusedärme zwischen meinen Zehen hervor.

Als ich die Mäuse Irina zeigen wollte, waren sie jedoch verschwunden. Sie zuckte bloß mit den Schultern, denn Oskar sei schließlich gefräßig für drei. Eine naheliegende Erklärung.

Ich klagte ihr meine Schlaflosigkeit und hoffte, dass es nun in der nächsten Nacht keine Störungen mehr gäbe, doch sowohl sie als auch Jevgenij beteuerten, niemals in mein Zimmer gekommen zu sein. Ob ich vergessen habe, dass ich die Tür abgeschlossen hatte, als ich zu Bett ging. Sie beide hatten das laute Klicken deutlich gehört, es für albern befunden, und was hätten sie auch in meinem Zimmer zu suchen gehabt?

So waren auch die kommenden Nächte von Schlaflosigkeit geprägt, denn voller Geduld wartete ich, versuchte, nicht einzuschlafen, um die beiden dabei zu ertappen, wie sie mich heimsuchten, schließlich musste es einer ihrer Scherze sein.

Man rief Weintraub. Der Doktor meinte, dass gehäuft Probleme dieser Art aufgetreten seien, seit die beiden Monde am Himmel standen, ob ich schon einen Mondkalender habe, auch er habe einen entworfen, mit Empfehlungen.

Es könnte aber auch an zu viel des Guten, zu viel Gruselkabinett und Scharfschütze liegen, räumte er ein. Er gab mir zwei Fläschchen mit Pipetten, von einem abends drei Tropfen, solange der echte Mond anwuchs, und von dem anderen fünf, solange der falsche Mond abwuchs, solange der echte nicht gerade ebenfalls am Abwachsen war, wofür es keine Medizin gab. Für jene, die zuvor nur unter dem Vollmond gelitten hatten, sei die neue Situation schwierig, doch er hörte nicht zu, als ich ihm erklärte, dass ich nie unter irgendeinem Mond gelitten hatte und der zweite Mond doch ohnehin zum Trugbild erklärt worden war. Er fuhr einfach fort, dass auch der zweite Mond, selbst wenn er eine Illusion sei, eine ähnlich starke Anziehungskraft ausüben könne wie der »echte«, denn beide strahlten gleichermaßen. Was früher in den Mondphasen als Opposition galt, braucht nun auch einen neuen Namen, philosophierte er. Dazu klopfte er mit dem ausziehbaren Peststäbchen auf den Tisch. Er hatte sichtlich Freude daran, und vielleicht bräuchte Weintraub selbst eine kleine phrenologische

Untersuchung, um seinem Pappmond zugeordnet werden zu können. [Phrenologie, auch bekannt als Schädelkunde, ist kein verlässliches Mittel, um etwas über den Zustand eines Menschen festzustellen. Aus den Angaben des Subjektes können wir jedoch erkennen, dass es sämtliche Stimmen, die die Echtheit des Mondes wissenschaftlich bestätigten, ignorierte oder ihre Existenz nicht wahrnahm und nur jene Berichte las, die den zweiten Mond als Illusion bezeichneten. Aus medizinischer Sicht ist dies irrelevant, denn auch ein falscher Mond kann Auswirkungen auf das Subjekt haben, wie wir es in diesem Falle vorfinden. Anmerkung: Dr. Weintraub]

Erst als Irina mir einen Kanari, gelb wie die Sonne auf schlechten Gemälden, schenkte, schlief ich ruhiger, und als betäubte es auch mich, warf ich dem Tierchen nachts eine Decke über den Käfig.

11 – Die Leere

Irina stieß die Terrassentür auf und rief: »Riechst du das?!« Ich wusste nicht, was sie meinte, ließ mich jedoch von ihr nach draußen zerren, die Sonne schien und vielleicht, so dachte ich, wollte sie nur barfuß durch das taunasse morgendliche Gras spazieren, doch sie warf mir meine Stiefel zu. Natürlich, die Temperaturen waren zuletzt stark gesunken, der Boden musste gefroren sein. Doch zu meinem Erstaunen war der Garten halb überflutet, als gäbe es einen beheizten Pfad.

Ich folgte ihr durch Pfützen, sie waren knöcheltief und zu meinem Erstaunen nicht kalt, sondern warm wie Badewasser. »Rasputitsa!«, fluchte sie, die Zerrissenheit des Weges, wie man in Sibirien die Zeit des Schlamms nennt, wenn gefrorene Straßen zu Sumpf und Tümpel mutierten. »Das Opfermoor ist der geografische Mittelpunkt«, murmelte sie. Der geografische Mittelpunkt wovon denn, Irina? Doch ich sagte nichts.

Der Garten schien schier uferlos. Von den Rändern nebelte es dahin. Bald verlor ich jegliche Orientierung, und auch Irina musste sich eingestehen, dass sie hier noch nie gewesen war. Wir hörten nicht auf zu gehen. Wie verrückt war das? Wir konnten plötzlich das Haus nicht mehr sehen. Ich hatte einen meiner Stiefel verloren. »Einst war hier Wald und dieser einst ein Meer und wird wieder Meer sein«, murmelte Irina.

Ich hockte mich in diesem trostlosen Schlamm auf etwas, was Stein, aber auch Holz oder Moos sein konnte. Ich blickte hoch, doch kein Meilenstein war auszumachen und die Sterne waren vom Mondeslicht verschluckt, das den Nebel durchbrach. In welcher Richtung wohl das Meer lag? Ich konnte Irina schluchzen hören, aber das grub ihr kein Loch, in das sie sich hätte verkriechen können, und fast wäre ich böse auf sie gewesen, hätte ich nicht den heißen Dunst doch zu schätzen gewusst, der es mir erlaubte, meinen Mantel auszuziehen, und der es mir leichter machte, mich auch vom zweiten Stiefel zu trennen.

So ruhig lag die Tümpelwelt vor uns, doch schloss ich die Augen und hielt den Atem an und hörte auf das tosende Treiben der Insekten, weit entfernte Kröten und Grillen und das Knistern von tausenden winzigen Beinchen in einem nie enden wollenden Schilf. Die Zikaden mit ihren Schrillleisten gaben den Rhythmus vor und Irina hörte nicht auf zu weinen, auch wenn ich meine Arme um ihre Schultern legte. Ich weiß nicht, warum mich dieser Stimmungswandel überraschte, sprang sie doch von einer Laune zur nächsten, wie die Monde neuerdings laut den Zeitungsschreibern um die Meere zankten. Die Knospen von Nachtblühern sprangen auf, um die Luft mit schwarzem, süßlichem Geruch nach Urwaldnächten und Verwesendem auszudünsten, die Libellen tanzten über Seerosen, die zärtlich nach ihnen griffen. Die Blätter rauschten ihr »Ich behüte dich, behüte dich, behüte dich« und die Zweige knackten ihr »Alles wird gut, alles, gut, gut, gut«. Ich hievte mich hoch, hievte Irina hoch und zerrte uns beide weiter. Ich hielt mich an Zweigen fest und bemerkte, dass wir im betrunkenen Wald gelandet waren, der draußen vor der Stadt liegen sollte, doch war ich selbst niemals dort gewesen. »Tauender Permafrost«, presste Irina zwischen den Lippen hervor, und ich verstand, dass sie damit die rutschende Erde meinte, die die Bäume zu Krüppeln gebogen haben musste. Betrunken zu sein wäre aus Sicht der Bäume vielleicht der Krümmung vorzuziehen gewesen, aber was wusste ich schon?

Nicht der Kraftakt des Hochhievens, sondern das Gewicht des eigenen Körpers ließ mich ermüden. »Wenn du nicht weißt, wohin du gehst, wirst du nirgendwo hinkommen«, hörte ich Jevgenij plötzlich kalt hinter mir sagen. Jevgenij würde immer kommen, um Irina zu retten.

Er ergänzte, dass der Wind vom Fluss her wehte, und erst jetzt nahm ich den warmen Hauch wahr, der sich nicht an die eigene saisonale Pathologie zu halten vermochte. Überall sei der Nebel, erklärte er, überall um das Wiegewasser, zwischen Wasserkunst und Sternwarte, Kunstmühlenweg und Teeschlösschen, bis hin zum Orangeriebrunnen, dem wir am nächsten waren. Was für eine unnütze, den

Umständen geschuldete Reise hatten wir uns eingehandelt? Wir waren so weit gegangen: Wir würden in den Fluss springen müssen, vom Riff, das wir auch vom Dachboden aus sehen konnten, um diesem Irrland zu entfliehen. Irina hatte recht: Etwas war falsch mit dem Garten, dass er uns so irrlichtern ließ.

Ich spürte mich schwerer werden, und Jevgenij trug nun Irina mehr, als er sie stützte, und während mich die Erdanziehung niederdrückte, schien Jevgenij, als hätte er kein Gewicht, obwohl er einen Kopf größer war als ich. In schnellen weiten Sätzen fand er oben am Riff seinen Absprung.

Das Wasser jedoch ließ jene Wärme missen, die die Sümpfe und Tümpel hatten, und fröstelnd, mit Eiskristallen im Haar, schlurften wir nach Hause, wissend, dass uns der Weg mehr geprägt hatte, als es das Ziel je getan hätte.

Jevgenij befüllte den Kamin und langsam, schmerzhaft kehrte die Wärme in unsere Zehen zurück. Tee mit Rum sollte helfen, und ich bat Irina, doch endlich mit dem Zähneklappern aufzuhören, aber sie stellte fest: Sie klapperte nicht.

Ich drehte mich um und da stand ein kleiner Junge auf dem großen roten Teppich neben dem Serviertisch, viel zu leicht bekleidet und mit einem weißen Tuch über den Kopf gewickelt. Irina folgte meinem Blick. Das Kind sagte etwas in einer fremden Sprache zu ihr, es klang zornig. Es war etwas Zorniges und Irinas Namen und ich war sicher, dass es nur an meinem von Wärme und Hitze zerfressenen Geist lag, der mir Spinnen vormachte. Spinnen, überall, aus allen Ritzen kriechend, überall im Raum, auf dem Parkett, an den Wänden. Ich zog meine Füße auf die Sitzfläche. [Irina Vorachkova hatte sich am Jahrmarktsautomaten rechtlich verpflichtet, ein Findelkind aufzunehmen, dieses jedoch niemals abgeholt. Der Junge soll wochenlang auf einer Poststelle zugebracht haben, die den neuen Vormund, Irina Vorachkova, schriftlich mehrfach über dessen Einlangen informiert hatte. Warum diese Nachrichten nicht geöffnet wurden, ist nach wie vor unklar. Anmerkung: Dr. Weintraub]

Irina erhob sich langsam und plötzlich, mit einer kurzen, ruckartigen Bewegung und schier undenkbarer Kraft schmetterte sie mit nur einer Hand den breiten Stuhl, auf dem sie eben noch gesessen war, gegen die Wand, wo er krachend zerbrach. Oder es war nur ein lauter Knall in meinen von Wärme und Hitze zerfressenen Ohren. [Hier attestiert das Subjekt der Unterkunftgeberin Irina Vorachkova erstmals übermenschliche Kräfte, zu denen jeglicher Nachweis und weitere Bezeugungen fehlen. Anmerkung: Dr. Weintraub]

Als ich die Augen öffnete, hörten die Beinchen auf sich zu bewegen, klappten zusammen, so wie sich die krabbelnden Tierchen auf ihre Rücken warfen und die Spinnen verschwanden. [Spinnen sind zart besaitete Seelchen. Ein umgeworfener Stuhl kann sie durchaus zu Tode erschrecken. Anmerkung: Dr. Weintraub]

Der Junge jedoch rannte los, blieb in der Kordel eines Vorhangs hängen und langsam und qualvoll presste ihm das eigene Streben, hinfort zu kommen und zu fliehen vor jener Frau, die seine ganze Spinnenplage getötet hatte, die Zunge aus dem Hals. Irina rührte sich nicht. Ich konnte meine Zehen nicht fühlen. Jevgenij mühte sich, ihn zu befreien, doch der Junge schlug um sich und wollte eher sterben, als sich von ihm helfen zu lassen.

Später würde Jevgenij ihn im Garten begraben, eingewickelt in den Vorhang, und die Prozedur schien eine Ewigkeit zu dauern, da er zuerst ein Feuer legen musste, konnte er doch sonst den frostigen Boden nicht aufhacken.

Zwar hatten sie Weintraub geholt, doch konnte er das Kind nicht retten, und Irina bestand darauf, dass es bleiben sollte. Es sei schäbig, es in eine kalte Kühlkammer zu stecken, dann eher in das Moor im Garten, das jedoch so schnell verschwunden und einem durchgefrorenen Erdreich gewichen war, wie es gekommen war. Kein afrikanisches Voodookind, das sie erwartet hatte, hatte das Kuriositätenkabinett ihr beschert, sondern eines aus Indien, meinte Irina immer wieder, während Jevgenij sich mit dem Begräbnis plagte. [Dr. Weintraub besteht darauf, dass er durchaus darauf hingewiesen hat, dass diese Art der Beisetzung nicht rechtens sei, jedoch ist die Rechtslage von Beisetzungen in Gärten nicht Gegenstand dieser Untersuchung. Anmerkung: Dr. Weintraub]

Sie hatte dem kleinen Kärtchen weit mehr Bedeutung beigemessen als ich: Sie hatte doch Geld geschickt, wie es auf der Rückseite der Karte gestanden war, klagte sie. War es das, was der Jahrmarktszettel Irina versprochen hatte? Ein Kind? War da nicht die Rede von Ruhm und Reichtum? Manchmal sei das eben nicht genug, sagte Jevgenij und legte den Arm um ihre Schulter. Ach Indien, was wussten wir schon über Indien? Nur dass die Köpfe der Toten dort laut knackten.

Doch über Spinnen wusste Irina einiges. Sie wusste, dass Spinnen schwache Nerven hatten und vor Angst sterben konnten. [Wie bereits vom Kommentator erläutert. Anmerkung: Dr. Weintraub] Daher habe sie den Lehnstuhl umgeworfen. Ausgerechnet Irinas einwandfreie Erklärung zu den Spinnen brachte Weintraub zum Stirnrunzeln, ob die ganze Szene nicht eine durch Hitze und Stress verursachte kollektive Täuschung gewesen sein könnte. [Hierbei handelte es sich nicht, ich wiederhole, nicht, um die Einschätzung Dr. Weintraubs, sondern des Subjektes selbst, das seine Überzeugungen, was alles Illusionen sein könnten, mit dem guten Namen Dr. Weintraubs zu begründen sucht. Dr. Weintraub hat zu Untersuchungszwecken mehrere Spinnenkörper geborgen, die durchaus nicht illusorisch waren. Anmerkung: Dr. Weintraub] Schließlich glaubten wir Menschen nicht das, was wir sähen, sondern wir sähen das, was wir glaubten. Irina bat ihn zu gehen. Er belächelte mich, als ich von Irinas übermenschlicher Kraft erzählte. Er erklärte, Erinnerung sei schrecklich unzuverlässig, so als griffe man nach dem Notizblatt mit einer Erinnerung, zerknülle es, schreibe es neu und blicke erst dann darauf – Erinnerung sei eine Projektion aus der Gegenwart, und die Gegenwart sei nichts weiter als eine Erwartungshaltung, die aus der Erinnerung geboren wurde. Was wahr sei, konnte auch er nicht beantworten, wir drehten uns im Kreis, weil er nicht verstehen wollte, dass genau diese Kraft Irinas eben nicht meiner Erwartung entsprochen hatte: Ich bewunderte diese Kraft.

Die Kirchturmuhr schlug bereits drei Uhr morgens, als wir uns wieder vor der Glut des Kamins einfanden. Jevgenij erzählte von wurmzerfressenen Gehirnen, erdachte Geschichten, um uns alle abzulenken, und Irina lächelte manchmal, und jedes Mal wirkte es wie ein stiller Abschied. Zur humorvollen Erleichterung aller betrat Oskar irgendwann schweifschwingend das Zimmer, und erst als die Sonne die beiden Monde vertrieben hatte, gingen wir ins Bett.

Stets wenn ihr Blick die Stelle im Garten streifte, würde Irina hochsehen zu der kleinen schwarzen Wolke, die ihr hinterherzuspuken schien, und ihr halbherzig zunicken. Von einer thermalen Hitze am Plateau hinter der Orangerie berichteten die Zeitungen in den nächsten Tagen und davon, dass der tanzende Wald, so nannten sie die »betrunkenen Bäume« – aber woher sollten wir Menschen auch wissen, wie Bäume sich fühlten? –, vollständig in einem Sumpf versunken war. [Naturgemäß können Bäume keine Trinker sein. Die Krümmung, die ihnen die Bezeichnung »betrunkene Bäume« verleiht, entsteht durch rutschende Erde, ausgelöst durch tauenden Permafrost, der die Bäume in der Folge veranlasst, ihre Wuchsrichtung der Sonne entgegen zu korrigieren. Anmerkung: Dr. Weintraub] Ich wischte den Gedanken weg, dass die begrenzte Wärme etwas mit dem Jungen zu tun haben könne, doch die Idee würde mich künftig bei schwülem Wetter heimsuchen.

12 – Eine Ausstellung

Jeder wusste, dass die Stadt starb, lange bevor es zu sehen war. So wie Obst erst an der Schale die Form des Korbes verinnerlicht, am Gittermuster entlang weich und süß wird, einsinkt und mit dem Zucker aus Verwesung und Tod die Fliegen lockt. Fundamente sanken langsam in die Katakomben hinab, Unkraut streckte sich zwischen den Pflastersteinen der Sonne entgegen. Die süßlich schwere Luft machte uns träge, der Sommer hatte seinen Höhepunkt überschritten, die Wespen klebten an den Rändern unserer Champagnergläser. Wir hatten endlich aufgehört, Pestschnäbel zu tragen.

Irina hatte zur Ausstellung geladen, sie würde ihre erste Skulptur präsentieren, ohne jemals zuvor ein bildendes künstlerisches Werk erschaffen zu haben. Doch sie kamen, die Kunstkritiker, die Presseschakale, die Damen der Nachbarschaft. Durch die Schakale musste man den Eindruck haben, dass es nicht Irinas Präsentation sei, zu der sie gekommen waren, sondern dass sie eher von Jevgenij erfahren wollten, ob er vorhabe, eine Flagge zu hissen im kommenden Unfrieden, der in der Stadt drohte. Jevgenij gab politische Phrasen von sich, wie er sie bei denselben Presseschakalen gelesen hatte, während alle anderen dem Diktat von Bauch und Genitalien frönten, fraßen und flirteten.

Auch Mona hatte sich eingefunden, zu meiner Überraschung mit ihrer Mutter, die mir vage bekannt vorkam und die Mona bei ihrem Zweitnamen Poema nannte. Es passte überhaupt nicht zu ihr. Ihre Mutter erinnerte mich an eine Birne: ihr Körper eine Birne, ihr Kopf eine Birne, ihre Beine zwei Birnen mit Stiel nach unten, Brüste, Arme, allesamt Birnen. Sie kam mir auf eine unangenehme Art bekannt vor.

Die Skulptur thronte, mit einem weißen Tuch verhüllt, auf einer kleinen Säule, auf der sonst eine Vase verstaubte. Irina hatte sich naturgemäß Zeit gelassen, der Gesellschaft beizuwohnen, damit niemand ihren Auftritt verpasste. Sie trug einen japanischen Kimono, den sie so um sich gewickelt hatte, dass er wie eine Ateliersschürze wirkte, staubig und abgerieben. Dabei hatte sie diesen Mantel doch gerade erst gekauft, ihn mir stolz präsentiert, während sie ihn aus dem Papier auspackte. In Sachen Bildhauerei wusste ich gar nicht, wo in diesem verwirrenden Haus sich ein Atelier befinden mochte. Zudem hatte ich keine Erinnerung, jemals die ungleichmäßigen und störenden Geräusche von Hammer und Meißel wahrgenommen zu haben, aber die Müdigkeit, die ich mit mir herumtrug, könnte die Erinnerung daran auch geraubt haben.

Irina kam bloßfüßig die Holztreppe herunter und augenblicklich verstummten die Gespräche. Als sei dies das Gewöhnlichste auf der Welt, hielt sie jedoch keine Sekunde inne, sondern steuerte auf die Skulptur zu, warf mit Schwung das weiße Tuch zurück und schritt, ohne ihren Kurs zu ändern, gerade weiter zum Buffet, wo Eclairs, kandierte Ananas und schwerer Rotwein warteten. Konzentriert auf die Ananas, als ginge sie das in Wahrheit alles nichts an, stand sie da, während die Gäste näher an ihre Skulptur heranschlichen und unter »Ah!«- und »Oh!«-Rufen einen marmornen Kirschzweig umkreisten, der sich an das letzte Blatt der letzten Blüte klammerte. Ein zartes Zweiglein mit nur einem einzelnen dünnen Blütenblatt darauf. Plötzlich strömten sie alle auf Irina zu, um ihr zu schmeicheln und zu gratulieren. Minutenlang wurde ich in unablässiger Art tablettweise von Shrimps verfolgt. Irina zitterte den ganzen Abend vor Glück und strahlte erlöst wieder auf, als sei die dunkle Wolke, die ihr seit dem Tod des indischen Jungen folgte, verpufft.

Eine kleine, doch dichte Menschentraube rund um Irina als auch um den Zweig würde in den nächsten Stunden verhindern, dass ich ihr weder gratulieren noch die Skulptur begutachten konnte. Ein Mann in albernen Stiefeln, der ihr, wie man an ihrem Lachen erkennen konnte, ohne Unterlass schmeichelte, hatte sich neben sie gestellt, als sei dies sein Platz, und flüsterte ihr zwischen den Gratulanten stets ins Ohr. Sie gab lachend einer Zeitung ein Interview, als ein Großteil der Besucher sich sattgesehen hatte, und nun war meine Gelegenheit gekommen, den Zweig zu umschleichen. So etwas Zartes aus Stein hatte ich wahrhaft noch nie zu Gesicht bekommen. Man konnte fast glauben, dass der Schein der Lichter durch das steinerne Blatt hindurchschimmerte. [Da auch der Kommentator dieser Vernissage eines Einzelobjektes beigewohnt hat, kann an dieser Stelle bestätigt werden, dass es sich um die erstaunlichste Skulptur handelte: Der Betrachter dieses Blütenblattes fürchtete, zu stark zu atmen, als könne das steinerne durchschimmernde Blättlein davonfliegen, wie es dies in der Natur beliebte. Über die Methodik des Erschaffens eines derartigen Meisterwerkes war den gesamten geladenen Gästen nichts bekannt. Anmerkung: Dr. Weintraub]

Jevgenij hatte ich seit Irinas Auftritt nicht mehr gesehen, erst jetzt bemerkte ich, dass er sich mit einigen Gästen ins Kaminzimmer zurückgezogen hatte, als einer dieser Gäste die Veranstaltung verließ. Ich spürte, dass ich zu viel getrunken hatte, wankte in den Garten und ließ mich auf einem der Korbsessel nieder. Es war schon dunkel, nur die warmen Lichter des Hauses und ein paar Glühwürmchen spendeten Licht. Zwei dieser Glühwürmchen stellten sich als die Augen einer regungslosen Katze heraus, die einen winzigen halb toten Salamander im Maul trug. Die Katze studierte mich kühl für einige Sekunden und schlüpfte dann unter dem eisernen Gartenzaun hindurch davon, den Salamander auf seiner letzten Reise von einem verwucherten Garten in den nächsten tragend. Die Zikaden lärmten, nur von den Kröten im Teich war nichts zu hören, auch wenn die Seerosen noch in voller Blüte standen. Ich warf einen Stein ins Wasser, während ich mich fragte, ob er sich darüber freuen würde oder sich Äonen später ärgern, dass ich ihm den Platz an der Sonne geraubt hatte.

Ich wusste nicht, ob noch Gäste zugegen waren, als Irina beseelt von ihrem Erfolg auf mich zutaumelte, sich im Korbsessel neben mir niederließ und begann, mit der süßlich-klebrigen Ernsthaftigkeit, die man sonst nur von Kindern kennt, über Hyperion und die Monde zu sprechen und wann der eine käme und wann der andere. Wir redeten bis zum Morgen mit vodkagesäumten Worten und Irina warf den Vögeln, die sich furchtlos zu unseren Füßen niederließen, Trauben zu. Ich würde ihr nicht sagen, dass der zweite Mond ein Nichts war. Auch der Amselmann, der den ganzen Vortag über verzweifelt gesungen hatte, war auf seinem Wipfel neben dem Hausdach gelandet. Bis der Sommer vorbei war, würde sein Gesang nicht mehr erhört werden.

13 – Amphitheater

Mona hatte mich für einen Spaziergang nach draußen gelockt und lag mir damit in den Ohren, dass ich kaum von mir hören ließe, seitdem ich nur noch in diesem Haus zu wohnen schien, und das Haus oder vielmehr seine Bewohner seien ein schlechter Einfluss für mich. Was ging Mona der Einfluss an? Sie war doch selbst an den Gesellschaftsabenden zu Besuch. Sogar mit ihrer Mutter, und welcher Einfluss war die denn wohl? Nur die Monde würden mich glauben machen, dass das Schlechteste das Beste für mich sei. Ich seufzte. Warum konnte man nicht einfach ein

Raumfahrtkommando schicken, um diesen zweiten Mond zu überprüfen? Sollten sie doch Steine mitbringen von dort, wenn der Mond keine alberne Spiegelung war, wofür ich ihn selbstverständlich hielt. Aber vermutlich waren auch all die Mondexpeditionen zu unserem guten alten Mond nur Illusion gewesen. [Keine Illusionen, jedoch teuer, aufwendig und den Lohn nicht wert. Anmerkung: Dr. Weintraub]

Ich tat also das Einzige, was mir blieb, und lud Mona ein, in den nächsten Tagen vorbeizukommen, auch wenn ich ihr in einer Sache recht geben musste – ich war in meiner Erschöpfung versunken und es gab keinen Grund, in dem Haus wohnen zu bleiben. Keinen echten Grund als diesen einen, dass es vielleicht gerade die Albträume waren, die mich das echte Leben mehr lieben machten, wie der Scharfschütze uns mit der ständigen Todesdrohung den Lebenswillen wiedergegeben hatte.

Mag sein, dass es mir in dem Haus nicht unbedingt immer gut ging, aber Irina kümmerte sich um mich und jeder Spaziergang war eine Wonne. Einst hatte ich Irina gefragt, warum in all ihren Szenen jemand sterben musste oder von vornherein ein Geist war, und sie kicherte, dass alles Licht doch viel schöner sei, nach einem Moment der Dunkelheit, ein Aufatmen, wenn die Sonne auf uns herunterzuckerte, eine Lebenssüße, erzeugt durch einfachen Grusel. Sie hatte recht: Weniger des schlechten Einflusses wegen würde ich ein paar Nächte zurückkehren in meine eigene Wohnung, sondern vielmehr, um Mona zu beruhigen, die ich, schien mir, viel zu lange kannte, dafür, dass ich Frau Birne eben erst kennengelernt hatte. Nur ein, zwei Nächte, dann würde sie mich in Ruhe lassen. Ich würde es schon schaffen, mich zu überwinden. Mona sorgte sich und ich hatte schon einige Tage keine Albträume mehr gehabt. Ich verstand, dass mir der Scharfschütze unter freiem Himmel das Gefühl gab, alles könne sogleich enden, und im Haus war ich davor sicher, doch im Haus schlichen meine nächtlichen Albträume durch die Gänge, und davor war ich nur draußen zwischen den fliegenden Kugeln sicher – so konnte ich ständig das Gefühl mit mir tragen, dass jedes Pulspochen ein Frühlingsbeginn war. [Ein Hinweis darauf, dass das Einhalten der Therapie und die Einnahme der Tropfen entsprechend ärztlicher Anweisung den Symptomen tatsächlich Abhilfe schaffen können. Anmerkung: Dr. Weintraub]

So kam ich nach Hause, nun, zu Irina, aber eben doch fast in mein Zuhause, zog nicht einmal meine Stiefel aus und begann vage in die möglicherweise leeren Räume davon zu sprechen, in meine eigenen Gefilde zurückzukehren, das hiesige Refugium hinter mir zu lassen. Doch Irina, die auf dem Sofa saß, mit dem Rücken zu mir, ohne sich umzudrehen, wollte nichts davon hören.

»Auf!«, kommandierte sie mit erhobenem Zeigefinger, griff nach meiner Hand und zog mich zur Tür hinaus. Wie schon zuvor folgte ich ihr gehorsam, ohne viele Fragen zu stellen, durch das Wasserviertel und die fromme Straße, wo uns ein Porzellanglockenspiel zur Eile antrieb, bis in der Luft eines sterbenden Sommers ein Amphitheater vor uns lag, und Irina kicherte, dass es gewiss bespukt oder verflucht sei. Sie würde die Mondgöttin Luna spielen. »Oh, Janus!«, rief sie und begann, ganz für sich, vor dem weinroten Meer zu tanzen.

Als sie sich völlig außer Atem auf dem Stein an meiner Seite niederließ, verkündete sie, dass wir zu Hause Kuchen essen würden. Auch Zucker sei Sonnenlicht, das durch den Photosynthesefilter in den Blättern als Glukose zurück herausgepresst werde. Essbares Sonnenlicht, wir Sternfresser, Sternweider, Sterngraser, Asteroiden, alles ist Sonnenschein, rief sie, während ihr Gesicht rot leuchtete. Zweimal so viel Photosynthese, zweimal grüne Pflanzen, zweimal so bunte Pflanzenfresser, zweimal so bunte Fleischfresser et cetera. Sie summte Sauriernamen wie Vegetarier im Schuppenkleid, Wurstmampfersaurier, Fränkischer Lindwurm, Großer Bastardsaurier zu jener Melodie eines Ladadidadum, das ihr über die Lippen schwebte, wenn sie fröhlich war. Alle Saurier, die von den Ursauriern des ausgegrabenen Liebespaares abstammten, konnte sie nennen. Was war zuerst da, die Liebe oder das Ei? Die Liebe, wo Ursaurierschnäuzchen verängstigt an Ursauriernacken geschmiegt auf Lava warten.

Es solle sogar Himmelskörper umgeben von drei Sonnen geben, die einander ohne Unterlass umkreisen, und so folgt ein Planet einmal dem einen, einmal dem anderen Gestirn, und seine Lebewesen befinden sich stets im Licht. Ich sagte ihr, dass ich meine Müdigkeit in ihrer Gegenwart glatt vergessen hatte, und bevor ich mich versehen konnte, hatte ich versprochen, noch eine Woche zu bleiben. Zaghaft, als könne es ihm jemand übelnehmen, erschien an diesem Abend ein Mond hinter der Scheibe. Die Sumpfeichen starben gerade vielfach ab, die Linden honigten nur ausnahmsweise und manch Baum ließ sich gar zur Notblüte hinreißen. [Die Erklärung dafür ist in dem Verhalten der Monde zu suchen. Das Subjekt macht sich nicht die Mühe, Erklärungen für diese Phänomene zu suchen. Anmerkung: Dr. Weintraub]

Irina war die nächsten Tage erkältet und hoffte, bevor die Theatervorstellung draußen stattfinden würde, zu gesunden. Wer würde sonst ihre Rolle spielen, doch hoffentlich nicht jemand wie Mona? Oskar war dankbar für Irinas Erkältung, liebte er es doch, zwischen Jevgenijs Beinen umherzutollen, während dieser Suppe trug.

In den finstersten Nächten hörte ich zwei Käuzchen hell einander rufen. Manchmal lag ich lange wach, eingegiftet in feinstes Likör, und versuchte mich zu erinnern, ob Irina wirklich diesen schweren Sessel an die Wand geworfen hatte, bis das Kaleidoskop mich verschlang. »Sonnenlicht, Sonnenlicht!«, fluchte Jevgenij, als er Irina vom Bett zum Kanapee, vom Kanapee zum Sofa im Kaminzimmer zerrte, wo immer sie hinwollte. »Die Diabetes muss gefüttert werden.«

Am nächsten Morgen erwachte ich und das Haus lag ruhig da. Allem Anschein nach schlief Irina, und Jevgenij war nicht zugegen. Mehr als einmal fühlte ich mich verführt, das Haus in Abwesenheit der beiden zu erkunden, aber das Echo ihrer Gegenwart war in jeder Ecke spürbar, als würde es in Infraschallfrequenz von den Wänden umhergespielt. Der Staub schien innezuhalten und über sich selbst nachzudenken, bevor er sich im Flur setzte. Ich musste daran denken, wie tief der Menschengeist doch bereits in die Natur eingedrungen war, dass wir von vagabundierenden Elektronen zwischen Seidenpapier und Katzenfell wussten, dass sich mir der Verdacht aufdrängte, dass sich auch im glitzernden Staub Spannung befand, der Zwangszustand, der seiner eigenen Vernichtung entgegenstrebt, wie ein reißendes Tau oder Elektrizität oder wie zwei Liebende, wenn sie sich als solche erkannten oder beschämt von dannen zogen, wenn dies nicht geschah. Genau so fieberten wir dem Unausweichlichen entgegen. Ich hatte natürlich vorgehabt, alles der Reihe nach zu erzählen, doch nun, da das geschrieben ist, sind die Vorzeichen klar.

Die Welt brach nicht plötzlich zusammen und verging, sondern alles würde erst langsam die grelle blutige Form annehmen, die Wasserspeier oben auf den Kirchen würden lebendige Farben in den Gesichtern tragen und die Stadt würde sich in eine Ruine verwandeln, ohne dass wir es bemerkten, während die Himmelskörper revoltierten und ich mich die Gänge entlangwälzte. Bei einer meiner Touren durch das Haus sah ich Irina durch ein Fenster im Garten. Was tat sie dort im Dunkeln? In ihrem leuchtenden Nachthemd im langen Schatten der morgendlichen Sonne? Als sie sich umdrehte, floh ich zurück in mein Bett, als sei ich bei etwas Unerhörtem ertappt worden. Doch zurück unter der Decke hätte ich schwören können, nur geträumt zu haben, wären Irinas Füße beim Frühstück nicht schmutzig gewesen.

14 – Vorstellungen

Irina hatte ihre Effekte in eine Tasche gepackt und über Bistros und Bastionen, erst einen Absinth, dann Milchkaffee, wanderten wir los zu Irinas Vorstellung, trödelnd und in Vorfreude. Wir tänzelten nahezu in das Amphitheater, Hand in Hand, als der Mond bereits Sterne auf die Bühne gegossen hatte. Irina zog sich zurück, um sich vorzubereiten. Bald waren die Ränge gefüllt und der Himmel schien erfüllt mit dem Bühnenlicht, als sei eine Hölle aufgebrochen, in der der Kontinent unterging, so lange, bis die Helden am Ende in ein Gewitter segelten mit den Worten: »Wir werden die Flagge hissen, für alle, die für die Sache gestorben sind.«

Irina spielte eine Bäuerin, die im Sterben lag, doch noch genug Energie hatte, ständig zu stöhnen und zu schreien. Noch lebendig aufgebahrt zog eine lange Schlange zu ihrer Bettstatt und an ihr vorbei – Dorfbewohner, die sich ihr Sterben ansahen. Ihre Fähigkeit, eine Wahrheit einzuhauchen, schien überragender, als ihr eigenes Leben anhand ihrer Erinnerungen auszuformen. Manche stellten sich zwei- oder dreimal in die Reihe, manche mit unverhohlener Neugier, während ein Pope Gebete murmelte.

Einer ihrer Bewunderer, dessen Gesicht ich seit der Präsentation ihrer Skulptur kannte, spielte einen Eremiten, der zu seiner Familie, die er verlassen hatte, um ein heiliger Mann zu werden, aus der Einöde des Nordens zurückgekommen war. Er spielte den Mann mit grauem Bart, doch man konnte erkennen, dass er das Alter nicht erreicht hatte. Zerlumpt, in einem langen weißen Hemd mit Löchern und Fransen und tief in die Augenhöhlen zurückgeschminkten Augäpfeln. Er entsprach meiner Vorstellung eines heiligen Asketen, der zudem schrecklich nuschelte, und dennoch wurde von den Bauern alles mit Ehrfurcht aufgenommen. So lange, bis er sich betrank, Frau und Tochter Gräueltaten zuteilwerden ließ und das Haus abbrannte, floh, bis ihn Gerechtigkeit ereilte, da Irina von den Toten zurückkehrte und Sätze sagte wie: »Euch weihe ich Leben und Seele, wascht ab euren Eiter mit meinem Blut.« Dies tat sie mit einem Akzent, der so sehr nach Wald und Schnee und festgefrorenen Pflügen klang, dass einen kalt schauerte.

Sie war wirklich in ihrem Element, musste nicht sie selbst sein. Wegen des Blutes im Gesicht nach diversen Kämpfen zerfloss schließlich ihr Mascara, sie hielt bescheiden und menschlich ihr Kleid zusammen, als sie von der Kulisse in den vermeintlichen Tod sprang. Worte kristallklar, wie stille Quellen, glitzernd und blitzend, man hätte Menschen damit glücklich lähmen können.

Von vielen Tricks auf der Bühne wusste ich nicht, wie sie ohne Schnürboden zu bewerkstelligen waren, doch den Blitzen, die das Gewitter am Ende mit ihren biegsamen Metallplatten begleitet hatten, galt meine Bewunderung für ihren ununterbrochenen Kraftaufwand. Ich kannte sonst nur Holzkulissen, wie wir sie auch bei Irina und Jevgenij im Haus malten, auf deren Rückseiten hunderte Male das Wort Bier stand. Donner waren nur Holzäpfel in einer Rumpelbahn. Hier würde Irina mich korrigieren und sagen, dass es Donnerschacht heiße. Ich habe so vieles gelernt über Täuschungen, seit ich die beiden kenne. [Erstaunlich ist, dass sich das Subjekt gerne mit Täuschungen befasste, von der Aufklärung von Selbsttäuschungen jedoch konsequent zurückschreckte. Anmerkung: Dr. Weintraub]

Irina ließ sich zujubeln, sie war wie berauscht von all der Energie, die auf sie einströmte, als sei sie gerade erfrischt aus einem Schlummer erwacht, mit rosig gedunsener Haut, als seien alle Organe in Aufruhr. Wäre es nicht Irina, es wirkte albern.

Uns begleitete jener Bewunderer Irinas nach Hause, der durch seine albernen Stiefel aufgefallen war, sein Name war Gideon. Ich dachte, dass es ein Glück sei, dass Irina immerhin den Morphiumkranken, der ausnahmslos jede Tanzvorstellung, jedes Theaterstück und auch sonst alles gesehen hatte, worin Irina involviert war, schnell abgeschüttelt hatte. Gideon stellte sich auf Dauer jedoch als ebenso lästig heraus: ein Journalist.

Bereits nach einer kurzen Unterhaltung bezichtigte Gideon mich auf dem Nachhauseweg des jugendlichen Idealismus, verkündete lachend, dass auch er in meinem Alter die entsprechende Literatur gelesen habe, aber es sei eben wie Pocken – wenn man es dann hatte. Dummheit und Stolz wachsen doch am gleichen Baume, murmelte ich in mich hinein. Er rühmte sich ein Autor zu sein, der Naturwissenschaften zusammenbrächte mit Liebesromanzen; Bäume, Blumen, Schmetterlinge, Vögel, Dialekte und Sonnenhüte in eine Sacharinmasse gerührt, hinuntergeschluckt von Bürgersfrauen, die nur mehr des Gleichen wollten. Sie lerne gerade viel über Wasser, merkte Irina an. Deswegen lagen vermutlich überall im Haus Bücher mit Titeln wie *Planktonkunde für Jedermann* und *Grundriss der Limnologie*.

Gideon, der selbsternannte Experte für alles, vermüllte den Raum akustisch, füllte jeden Winkel mit seinem klanglichen Abfall. Ein Schreiberling, ein solch makelloser Intellektueller, weil er ohnehin nicht gelesen wurde. So würde ich ihn künftig nennen, wenngleich nur für mich: den Selbsternannten. Ein Buch hatte eine große Besprechung erhalten, er sei ein Meister des Stils und fruchtbar an logischen Ressourcen, doch seine Argumente, ganz gleich wofür, seien nicht haltbar. Er sei enthusiastisch und genial, eloquent, manchmal brillant, aber geisteskrank. Fehlerhafte Logik und taktische Winkelzüge, die aber allem Verstand widersprächen. Götter, die ihn zurechtwiesen, aber sich verbogen, ihn bloß nicht zu beleidigen, denn schließlich war er der Sohn eines Fürsten, der sich nach der ersten Revolution demokratisch und politisch engagierte und entschieden habe, die Politik aufzugeben als Geist der Vergangenheit.

Ein Glück, dass er mir egal war. Ich bot ihm dennoch etwas zu trinken an, denn ich stand ohnehin vor den Spirituosen im Kaminzimmer, um mir selbst etwas einzugießen, und er quittierte meine Menschenfreundlichkeit mit jenem bestialischen Hass, der durchschien, als er fragte, ob ich denn schießen könne und ob wir beim nächsten Jahrmarkt um die Wette schießen könnten. Oder am Schießstand auf der Marazlivskaja. Jemand, der sich ständig beweisen musste und andere dabei bloßstellen. »Aber Sie können doch zielen?«, wiederholte er immer wieder. Jevgenij und Irina warfen sich einen Blick zu, als sie ihre Gläser zu den Lippen hoben, und ich merkte, dass noch mehr als Worte und Gesten zwischen ihnen lagen.

Erst als Irina uns antrieb, um uns im Garten eine neue Skulptur zu zeigen, ließ er mich in Ruhe. Wieder warf sie das weiße Tuch zurück, als sei es nichts, und da saß: Hyperion. »Sind das Tasthaare?«, zischte Gideon. Hyperion sah aus wie in meiner Erinnerung, als er auf Irinas Schoß saß, sein Fell so fein wie das Wort *ziseliert* selbst. [Tatsächlich ein Meisterwerk, bei dem man das Geweih abnehmen und wieder aufstecken konnte, obwohl beide Teile aus dem gleichen Stein geformt waren. Das Objekt ist mittlerweile in die Sammlung Weintraub übergegangen. Anmerkung: Dr. Weintraub]

Man konnte fast glauben, dass an der Stelle, wo eine Spitze aus seinem Geweih gebrochen war, der rosa Schimmer zu finden sei, den jener Hyperion aus Fleisch und Blut gehabt hatte, doch es musste eine optische Täuschung sein, denn welch Zufall müsste gegeben sein, dass der Marmor gerade dort eine solche Verfärbung trug. Ihre Kunst würde sie berühmt machen, man konnte jedes Härchen seines

Felles sehen, wenn auch sein Körper magerer wirkte, fast eingefallen.

Zurück im Haus hatte ich mich von Oskars schwarzem herzförmigem Fleck auf seinem weißen Bauch anlocken lassen, den kaum je ein Mensch zu Gesicht bekam, doch hinterlistig wie immer ließ er die Berührung nur kurz geschehen und schnappte mit allen vier Pfoten und ausgefahrenen Krallen einer Bärenfalle gleich zu. Welch passender Abschluss für solch einen Abend. Fast kam es mir vor, er lachte über mich, als ich meine Wunden versorgte.

15 – Forschung

Das Schlimmste an diesem Abend war, dass er nicht verging: Am nächsten Morgen war Gideon immer noch da, wie festgeklebt auf dem Sofa und Irina wie festgeklebt an seinen Lippen, während Legenden von kleinen Tierchen, die aus Vulkanen krochen, von ihnen tropften, und sowie sie ihn gebissen und gequiekt und gekreischt hätten, hatte er eines in der Hand. Eine faire Strafe für jemanden, der sich einem Wildtier zu sehr näherte. Anders als bei Oskar, der auch gerne unfair strafte.

Es gab diesen Kaffee, zwar nicht sauer, aber auch nicht bitter, dafür zum dreifachen Preis des anderen, den wir alle nicht mochten. Er war Gästen vorbehalten, vor denen wir die Röstung als neuesten Schrei der Kaffeeszene lobten. Sie alle nickten und tranken brav dieses Seifenwasser. Nur Gideon, der Selbsternannte, geriet so in Euphorie, dass Jevgenij ihm den Rest des Sackes zum Abschied schenken würde. Die übertriebene Begeisterung regte in mir den Gedanken, dass auch er gerne dieses Spiel mit seinen Gästen treiben wolle.

Gideon, der Selbsternannte, nun Bibelforscher und Illusionist, erzählte auch von riesigen Fischen, die des Nachts aus Teichen nach Fledermäusen schnappten, winzige Pfützen, die aber unendlich tief sein mussten. Eine Spezies, die sich nur schwierig untersuchen ließe. Da stand Irina wortlos auf und verließ den Raum.

»Incertum quo fata ferurit – klug ist der, der wenig spricht«, sagte ich und erntete einen so hohlen Blick, dass mir klar war, dass er über diese Bildung nicht verfügte. [»Incertum quo fata ferurit« bedeutet: »Ungewiß ist, wohin das Schicksal führt.« Offenbar verfügt unser Subjekt, in allen Sprachen der Welt nicht hinhörend, ebenso wenig über diese Bildung. Anmerkung: Dr. Weintraub] Er lächelte, ein lächelnder Verlierer. Ich durchschaute dieses Lächeln! Hatte ich ihn! Ich hätte eine beliebige andere Phrase wählen können.

Doch mochte es gut sein, dass Irinas Reaktion gar nichts mit seiner Erzählung zu tun hatte: Die Monde standen nun oft auch tagsüber am Himmel, als wären sie dünnes zerrissenes weißes Papier. Sah man die anschwellende Sichel des einen Mondes, konnte man auch die abklingende des anderen sehen, als jagten sie einander Nacht für Nacht über den Himmel. Es musste etwas mit der optischen Brechung in der Atmosphäre zu tun haben. Lag der eine schwarz im Unerahnbaren, leuchtete der andere in hellem, vollem Silber.

Irinas Launen waren allerdings nicht mehr einzuschätzen, mit sorgfältigster Hast berechneten Astronomen die neuen Mondzyklen, man konnte zwei Mondkalender kaufen oder einen doppelten, einen abgleichenden Abschnitt beinhaltend. Für eine Illusion wohlgemerkt! [Dabei handelt es sich nach wie vor um eine strittige Frage. Anmerkung: Dr. Weintraub]

Doch nichts schien gewiss und manchmal wurde Irina zu Ira – der Zorn. Jevgenij ignorierte ihre Launen einfach, als gäbe es eine Art *Savoir-faire*, als könnte man sie ausblenden. In seinem Reich herrschte Ruhe, die giftigen dämonischen Böden lagen jenseits seiner klaren Grenzen, als machte es ihm plötzlich nichts aus, sterblich zu sein. Ich kam mir winzig vor in dieser Zeit, als seien sie Bohemoth und Bahamut, die mythischen schwebenden Giganten, und ich nur ein Sandkorn in einer Träne Irinas. [Offenbar metaphorischer Ausdruck. Es ist nicht anzunehmen, dass das Subjekt an Giganten glaubt. Anmerkung: Dr. Weintraub]

16 – Spiegel aus Fleisch und Blut

Der Geruch war süßlich, beinhaltete Magensäure, Magensäure und Cola, Magensäure und Cola und Ei und sauren Kaffeeatem, die Maden wanden sich aufgeregt, als das Licht die Haut traf und die rissige pergamentfarbene Schicht, alles Übrige nur rot und schwarz über einer roten Pfütze, sich windende, weiße Würmchen, etwas pulsierte kurz in der Bauchdecke. Das Gesicht nur schwarz und weiß, von Frau Tod viel zu heftig geküsst. Die Haut um die Nase bereits weggeätzt, die Fußsohlen wie kohleverschmiert mit roten Rändern. Irina schnappte nach Luft, machte kehrt und sprach den ganzen Tag nicht mehr. Am nächsten Tag fand ihn der Postbote und Irina blubberte los. Erzählte von Gestank und düsteren Farben, von dem Keller, in dem der Mann saß.

So berichtete es zumindest Jevgenij. Als der Postbote den Toten fand, war er bereits aufgeplatzt. Vielleicht, sagte er, hatte sie ihn angefasst und war von dem Schwall, der aus der brechenden, durchschimmernden Bauchdecke stürzte, geflohen. Irina sagte, nie sei so etwas passiert. Mag sein, dass Jevgenij einst einen Toten und viele quicklebendige Maden gefunden hatte, sie jedoch könne sich nicht daran erinnern.

Dennoch weigerte sie sich für den Rest ihres Lebens, Reis mit Tomatensauce zu essen, ihr Magen hüpfte sichtbar schmerzhaft nach oben in den Brustraum, es befanden sich Norialgen darin. Irina mochte kein Blut sehen, obwohl es das Einzige war, was wirklich von Herzen kam. Ich hörte zu, wenn Weintraub etwas sagte: Die Erinnerung an den Fund des Toten war das beeindruckendste Beispiel dafür, dass ein Mensch potenziell alles glauben konnte, solange es nur in das entsprechende vorgefasste Weltbild passte, und dass dies selbst auf Erinnerungen zutraf. Irina bestand darauf, dass es Jevgenijs Erinnerung war und umgekehrt. Vermutlich konnten die beiden ihre Erinnerungen schon lange nicht mehr auseinanderhalten. Irina sagte, dass wir vielleicht oft verdammt waren zu erinnern, was niemals passiert war, und damit war das Thema für sie gegessen. Weintraub würde mir zustimmen. [Dr. Weintraub verbittet sich, Einschätzungen aus der Distanz zu treffen. Das Subjekt nimmt aus den Worten Weintraubs nur auf, was es aufzunehmen bereit ist, und hört keineswegs einfach nur zu. Anmerkung: Dr. Weintraub]

Irina kraulte unentwegt Oskars Ohr und bestand plötzlich darauf: Jevgenij eigne sich nicht zum Revolutionär. Eines seiner theatralischen Meisterwerke hatte ihre Diskussion zum wiederholten Male ausgelöst. In diesem hielt der Hauptdarsteller, also Jevgenij, einen Monolog darüber, dass die herrschende Klasse faul und dumm und folglich unvermeidlich zum Untergang bestimmt sei. Mona, die sich von mir doch dazu hatte hinreißen lassen, abermals einem solchen Spektakel beizuwohnen, fragte mitten in den Dialog: »Wie?« Jevgenij, den sonst während eines Stückes nichts aus der Ruhe brachte, musste sich erst sammeln und fuhr dann mit dem vorbereiteten Text fort, ohne Monas Frage zu beantworten.

Da fragte Irina, die eine tote Adelige zu spielen hatte, ebenso: »Wie?« Jevgenij brach das Schauspiel ab und Irina stellte schulterzuckend fest, dass er sich nicht zum Revolutionär eigne und dass er eben auch keine Antworten habe. Wenn er nichts zu sagen habe, wischte sie sein Gestammel weg, solle er sich besser in Zurückhaltung üben, denn die Revolutionäre könnten wohl kaum schöne Phrasen essen.

Zu Jevgenijs Trost ließ ich mir sein Stück in der schriftlichen Form geben, die schönen Phrasen lobend und beklagend, dass Revolutionäre es vielleicht doch leichter hätten, wären sie große Redner, während Oskars gleichmäßiges leises wohliges Donnergrollen durch den Raum schwebte. Ich war daher kaum erstaunt, aber doch etwas erschrocken, seinen Monolog auf Flugblättern, die an der Universität kursierten, wiederzufinden. Seine Worte über ein »alles berechnendes, nichts dem Zufall überlassendes Regime«, das Menschen zur Verstellung zwinge, ihnen ihre Offenheit raube und jedes natürliche Gefühl. Ein Regime, das zum Verrat an den Mitmenschen zwinge, damit man selbst sicher sei. Das Brot und die Ikonen nehme man den Menschen. Irina zeigte sich auch hiervon wenig beeindruckt.

Wir wollten doch an den armen indischen Jungen denken, forderte Jevgenij, und da huschte Bedauern über ihr Gesicht, doch, so sagte sie: Eine Revolution hier würde an der Situation der Spinnenbeschwörer und der indischen Jungen dort auch nicht viel ändern. Lichtjahre entfernt, von anderen Gezeiten geprägt. So hohl dies alles klingen mochte, konnte es doch ausreichen, Jevgenij wegen politischer Agitation in Schwierigkeiten zu bringen. Daher suchte ich die erste Gelegenheit, um ihm zu versichern, dass ich seine verschriftlichte Fassung nicht aus der Hand gegeben hatte, und er antwortete nur ein »Schon gut«, von dem ich nicht wusste, ob es bedeutete, dass er mir glaubte, niemals eine solche Gefahr auf ihn zu ziehen, ob es ihm gleichgültig war oder ob ich ihm nur Gewissheit gegeben hatte, dass dies durch mein Zutun geschehen war. Zumindest folgte nichts daraus.

Bis heute bin ich nicht sicher, ob er die Worte selbst durch Druckerwalzen gezogen und verteilt hatte. [Zu dieser Fragestellung konnten in keiner Druckerei der Stadt, auch nicht in der Weintraub Druckanstalt für akademische Schriften, Beweise gefunden werden. Der Kommentator legt nahe, dass eine Druckerei außerhalb der Stadt beauftragt worden war. Anmerkung: Dr. Weintraub] Was jedoch gewiss war, war Monas Unverständnis und Getuschel: Alle schienen zu wissen, wer Urheber dieser Worte war, und wer wusste schon, was in Monas Köpfchen vorging. Als sei es gewöhnlicher Tratsch und Klatsch und nicht etwas, das jemanden ins Gefängnis bringen konnte, erzählte sie allen von Jevgenij, dem Revolutionär, stets mit der Distanz, dass ihr das alles nicht gefiele. Vielleicht war Monas Handeln auch darauf zurückzuführen, dass sie Jevgenij gerne nähergekommen wäre und die Schuld dafür bei ihm suchte, irgendjemand musste schuld sein für Mona, das ewige Opfer. Am nächsten Morgen war Oskar verschwunden. [Das Tier wird wieder auftauchen, wenngleich nicht in dieser molekularen Zusammensetzung. Anmerkung: Dr. Weintraub]

17 – Fachausdrücke

Die winzigsten Geschehnisse konnten Irina vollkommen aus der Bahn werfen. Eines Abends, als zwei Mondstücke aufs Firmament geklebt waren, die so gar nicht zueinander passen wollten, lockte sie mich mit den Worten »Aufauf!« mit erdschwarz schmutzigen Fingern auf das benachbarte Grundstück weisend.

Die Nachbarparzelle war schlimmer überwuchert als unser eigener Garten. Ein Baum reizte und zog dort unter einer Glaskuppel, wie man sie von botanischen Gärten kennt, allabendlich mit seinen Früchten die Wespen an. Fast hätte man glauben können, dass die Geister der Zeit hinter uns herschlichen. Wir hatten die Kuppel gerade erst betreten, da sah ich einen großen schwarzen Schmetterling auf meiner Schulter ruhen, mit dem grimmigen weißen Antlitz eines nackten Schädels auf seinem Körper. Ein Totenkopffalter! Ich atmete erleichtert auf.

Meine Stimme des Erstaunens hallte noch durch die Kuppel und ich fluchte, als ich sah, dass Irina zusammensank wie eine Schlafgöttin, an der die Wurzeln zerrten, und ich mich mühte, sie vom Boden zu heben. Wir stürzten nicht nur ins Gras, sondern tiefer, als ich je gesunken war: Ich konnte sie nicht heben, obwohl sie zu schrumpfen schien, unter Murmel und Geflüster nach Jevgenij fragend. Ich schleppte sie durch den Garten, sie schien schwerer und schwerer zu werden, während die Monde anzuschwellen drohten, bis ich sie auf dem Diwan niederließ und nervös nach Jevgenij zu suchen begann, während sie dort lag, totenblass im Gesicht.

Ich lief von Zimmer zu Zimmer, überall im Haus knackte es, fast alle Fenster standen offen. Ich rannte hierhin und dorthin, wusste, dass es zwecklos wäre, ihn zu rufen, da meine Stimme nicht vom einen Ende des Hauses bis zum anderen reichte. Nach unzählbaren geöffneten Türen, die dem nächtlichen Wind freie Bahn boten, hatte ich ihn gefunden, und wir hasteten zurück. Ich blieb im Türrahmen stehen.

Irina saß starr und aufrecht, weiße Wangen und blitzende Augen, blubberte, rief immer wieder, sie würde sich blau schreien im Gesicht, ohne Unterlass, ließ sich nicht von Jevgenij auf das Kissen legen, blubberte weiter fiebrig Geheimnisse, schüttete ihr Herz aus: »Was, wenn Oskar in den Teich gefallen ist? Man müsste ihn suchen lassen.« Ich musste kichern bei der Vorstellung, wie Oskar strampelte beim Versuch, dem Teich zu entkommen, seinen Wanst noch hoffte hochzuhieven. Ich fürchtete einen Augenblick lang, Irina könnte mein Lachen gehört haben. Alle meine Gedanken weckten in mir Schuldgefühle. Sie liebte dieses Tier. Ich fühlte mich dumm und mein Gesicht lief rot an – sie musste wegen des Katers die Expedition in den nachbarlichen Urwald angetreten haben, und ich hatte gar nicht gefragt, was wir dort sollten. Ich war unfähig, mich zu bewegen, und sie wiederholte immer wieder Oskars Namen, fast als hätte sie sich etwas zu schämen. Als sei das Verschwinden einer Katze etwas, das in ihrer Macht liege. [Das Tier entkam dem Teich nicht. Anmerkung: Dr. Weintraub]

Ich konnte Jevgenij, der inzwischen sacht auf sie eingesprochen hatte, als wolle er sie zum Schweigen bringen, kaum ansehen. Dann begann sie von Fingertieren zu sprechen, von weißen Tiefseekristallpalästen, Cyanobakterien, die Traubenzucker und Sauerstoff herstellten, von der Dichtanomalie des Wassers, und dass Wasser stets das Gegenteil aller anderen Stoffe vollziehen würde, dampfte man es weg oder fror man es ein. Ein mephistophelisches Element. Und wie hatten Menschen stets geglaubt, erzählte sie, es sei beseelt, wie Wälder, Wiesen, Bäume, Büsche, Stürme und Wetterschlag, Freundschaft schließend oder den Krieg erklärend. Von Tiefseelichtern, den Anglerfischen, erzählte sie weiter, die sich von der Größe her leicht selbst fressen könnten und Schicksalsgemeinschaften der Paarung bildeten, die, an die Oberfläche gebracht, einfach schmelzen würden. Ich stellte mir vor, wie Irina jemanden wegverschmolz. Eine drollige Vorstellung. Nur wegen der tapferen Ozeanologen mit ihren Vermessungen mit Klaviersaiten wussten wir, dass das Meer überhaupt einen Boden hatte.

Ja, gewiss, solche Fachausdrücke sind sehr beruhigend, sagte ich immer wieder, bis sie einschlief. Ich rührte mich erst wieder in meinem Türrahmen, als ich Jevgenijs Hand an meiner Schulter spürte. Er war fast genauso blass wie Irina zuvor.

18 – Schmetterlinge

Am nächsten Abend schien all das vergessen, und Irina hielt eine spontane Gesellschaft, wie sie es dieser Tage öfter zu tun pflegte. Weintraub war an diesem Tag der Ehrengast, sodass Gideon, der selbsternanntes Mitglied der wissenschaftlichen Akademie moralischer Unternehmungen war, um ihn herum scharwenzelte wie ein kleiner Junge. Es war das erste Mal, dass Weintraub das Haus nicht betrat, um medizinischen Rat zu geben. Alle rauchten Zigaretten, die nach Schwarzmarkt schmeckten, es gab zwei Schlangentänzer, Flöter und ein Tambourin. Wie eine Hexe, die versprach, immun gegen Hexerei zu machen, gestikulierte Irina weit ausholend. Eine automatische Orgel ächzte einen Walzer in die Röhren, der mir fast wieder hochkam auf der Tanzfläche, von der tortenbunte Lichter wirbelten. Ich aß ein Nougat, Gideon wollte eine Schießscheibe aufstellen. Er ließ sich vertrösten: »Ganz wie ihr wollt!«

Dann verfiel er in einen Vortrag über die vermeintliche Beschaffenheit des zweiten Mondes, dass dieser aus einem viel leichteren, porösem Gestein sei als unser eigentlicher, ursprünglicher Mond, jedoch konnte er dafür nicht ein einziges schlüssiges und gerades Argument geben. Warum er nicht einsah, dass der zweite Mond nur eine Spiegelung unseres eigenen war, und daher Scheinargumente zimmerte, wie jenes vom leichteren Gesteinsmaterial, um den mangelnden Einfluss auf die Meere zu erklären, werde ich niemals verstehen. [Tatsächlich beruhte das Argument auf der beobachtbaren und auch messbaren Unruhe der Gezeiten, die durch das Gravitationsfeld des neuen Himmelskörpers mit weniger Masse zwar reagierten, jedoch nicht in der gleichen Stärke wie beim Sog des ursprünglichen Mondes. Da ihre Umlaufbahnen jedoch voneinander abwichen, führte das auch zu Überflutungen, wenn beide Monde mehr oder minder in eine Richtung zogen, zu Tsunamis oder Trockenheiten andernfalls. Anmerkung: Dr. Weintraub]

Auch Poema-Mona und ihre Mutter waren da. Sie erzählten davon, wie die Kirche nun eine Panzerkolonne gesegnet hatte, die sei doch immer mit im Boot, nicht nur mit den Zaren. Da sprang plötzlich ein mageres Tier durch den Raum. Die Terrassentür musste wieder offen geblieben sein. Es hatte riesige Ohren, der Blick war erschrocken und es klopfte mit einem dünnen, astgleichen Mittelfinger auf allen Möbelstücken herum, doch schien das Geräusch das Tier selbst am allermeisten zu erschrecken und so sprang es wild umher, ließ die Pfote mit dem Stöckchenfinger dabei jedoch hängen, als gehörte sie nicht zu ihm.

Gideon hatte sich offenbar rasch dazu durchgerungen, auf das schnelle, knurrende und kreischende Tier zu feuern, worauf es auf ihn zusprang, ihn biss, trat, ganz gleich, wie sehr Gideon mit der Waffe um sich schlug, bis er so weit ausgeholt hatte, dass er dem armen Tier den Arm brach und das blutende, geprügelte Ding, während noch Schläge niederprasselten, wie eine Ratte quiekend, über die Treppe flüchtend hinfortschoss, an jeder einzelnen Stufe laut mit dem Finger anschlagend. [Es handelte sich nicht um ein Fingertier, sondern um eine schwarze Katze. Anmerkung: Dr. Weintraub]

Die folgende Aufregung bei der Suche nach dem Tier fand erst ein Ende, als ein Mann, der sich als Kommissar Schmetterling vorstellte – wer konnte ernsthaft solch einen Namen tragen –, wegen einer Ruhestörung an der Tür läutete. So gingen die Gäste allesamt nach Hause, und wir nahmen an, dass das Fingertier durch eines der Fenster im ersten Stock entkommen sein musste. Es musste sich um eines der Tiere handeln, die aus dem Tiergarten entlaufen waren. Durch die Trockenheit und die Risse im Boden krümmten und bogen sich die Gehegezäune. Der trockene Boden nahm auch kein Wasser mehr auf, keine Wolkenimpfung konnte helfen ohne Wolken, die Quelle für die Sanatoriumstretbecken versiegte. Die stürzenden Wasserfälle waren nur mehr eine auf Asphalt gemalte Illusion. Die Ufer allesamt umgezogen. Sogar in großen Waldgebieten herrschte Wassernotstand, Schleusen wurden geschlossen, Nebenflüsse fielen trocken, alle anderen nur mit leichtester

Fracht befahrbar – sie fuhren leer, um den Schein aufrechtzuerhalten. Fische schnappten ein letztes Mal nach Wasser und die Tiere des zoologischen Parks gingen auf Wanderschaft. [Der Wechsel zwischen Wassersnot und Wassernot ist bereits in vielen Gebieten des Kontinentes ein Problem. Die Freiwilligendienste nennen sich mittlerweile Feuer- und Wasserwehr. Anmerkung: Dr. Weintraub]

Als ich die Tür hinter Schmetterling schloss, saß Oskar vor mir, drückte mit der Pfote gerade ein Ohr flach, unterbrach seine Toilette nicht, drehte sich nicht nach mir um. Sein Fell war ganz dunkel, wie im Kohlekeller gefärbt, doch als der Schmutz Fleck für Fleck verschwand, war auch erkennbar, dass Oskar Fell gelassen hatte, einige Stellen kahl waren, vielleicht war er krank oder hatte Krieg geführt. Sein Schweif wirkte knochig, aber sein Grinsen unter dem unentwegten Lecken war dasselbe geblieben. Ich hielt die Tür geöffnet, bis Oskar seine Pflege beendet hatte, ihn anstarrend wie einen alten Freund auf einem Bahnsteig, mit dem man nicht gerechnet hatte. Als er die Augen schloss, die Vorderpfoten aneinanderstellte und mich anzwinkerte, fragte ich ihn, ob er mir von seinen Problemen erzählen wolle. Ein heiserer Versuch zu schnurren folgte, ich bückte mich, um ihn zu streicheln, ihm zu sagen, dass er immer noch der schönste Kater in der gesamten Hemisphäre war, und er ließ es sich gefallen, umkreiste kurz meine Beine, drückte seinen Kopf an meine Knie, als sei es ernstliche Höflichkeit. [Hierbei handelt es sich um eine Täuschung. Zwar saß ein Kater an der Pforte, doch handelte es sich dabei nicht um Oskar, doch das Subjekt nimmt ausschließlich wahr, was es wahrnehmen will, und holt sich folglich eine fremde Katze ins Haus. Anmerkung: Dr. Weintraub]

19 – Die Hörner des Mondes

Wir waren abermals auf dem Weg zum Amphitheater, obwohl die Spaziergänger ihre Hunde zur Eile antrieben, bevor das Gewitter käme. Doch diesmal sollte es keine Theatervorstellung geben, sondern eine Mondwendfeier würde abgehalten werden. Welcher Mond gerade wenden sollte, wusste ich nicht. Aber vermutlich der angeblich neue: All der Aufwand, wegen einer Fata Morgana, man stelle sich das vor! In was für Zeiten wir doch lebten, den Luxus zu haben, uns mit solchen Scheinproblemen abzugeben. Wo sonst diese Bühne der Kultur gehörte, war sie nun Kanzel eines Kultes. [*Die Hörner des Mondes* sind eine Beobachtungsgemeinschaft. Es handelt sich nicht um einen Kult. Der Herausgeber, Dr. Weintraub, möchte die Leser der folgenden Passagen bitten, all jene beleidigenden Annahmen über diese wissenschaftliche Interessengemeinschaft zu ignorieren. Anmerkung: Dr. Weintraub] Neue Kulte gab es zuhauf und hier sollte kein verzweifeltes Suchen nach vollkommener Form stattfinden, sondern *Die Hörner des Mondes*, wie sie sie nannten, sollten im Mittelpunkt stehen. Ein Mann in einer langen weißen Toga erklärte mir, auf Irinas Skulptur referenzierend, dass es einen Saturnmond gebe, schwammig und porös, der Hyperions Namen trage, weswegen man Irina und somit auch uns eingeladen hatte. Die Kultleute hatten sich selbst Namen gegeben wie Porteous oder Pelagia, die wohl altehrwürdig klingen sollten. Einige Kultleute, Mondkälber, stellten Fragen wie »Wo im Westen beginnt der Osten?« und gaben schrecklich kluge Antworten. Dies tat man, anstatt Fürbitten vorzutragen. Ein drolliger Kult. Ein gespenstisches Aroma aus Parfum und altem Holz quälte sich durch die Luft.

Einen Moment lang stand der Zeremonienmeister wie verblödet da, es war Zeit, die heiligen Riten zu beginnen, um Unglück abzuhalten. Er schwang eine lange Fackel. Dann begann er mit schallender Stimme zu sprechen, dass solide Substanzen vom Himmel fallen können: Funken der ätherischen Feuer oder feurige Strahlen aus gespannten Wolken, das Glitzern einer Berührung. Er war blass und geistartig und trug einen glänzenden Umhang zu seiner Toga. Er trug auch eine Art Stab und ein purpurnes Taschentuch in einer Hand. Die Ehrensymbole wirkten lächerlich an ihm. Langsam setzte er sich in Bewegung, unter den Klängen der Flöten und Tambourinen, die wir von unserem vorigen geselligen Abend kannten. Er schien mehr zu tanzen als zu gehen, wohl um wie die Brahmanen schwebend zu erscheinen. Die Prozession folgte ihm die Rue Babylone entlang, eine rezente Umbenennung, wie auch immer die Straße zuvor geheißen haben mag, bis zu einem See tief im Stadtgarten.

Dort wartete inmitten des Wassers auf einem Floß ein Schauspieler. Der See war mit einer regenbogenartig schillernden Haut bedeckt. Jevgenij glaubte, es handle sich um einen Ölfilm, erzeugt von Autowaschungen, doch Irina raunte mir zu, dass es ein Häutchen aus Kieselalgen sei, Millionen Lebewesen, deren Plasmaleiber Ölkugeln enthielten. Ein Glück, dass ich den Ölfilm niemandem hatte vorwerfen können. Ich hätte mich blamiert. [Tatsächlich handelte es sich um ein schillerndes synthetisches Substrat, entwickelt und patentiert von Dr. Weintraub, das Mondbeobachtungen auf der Wasseroberfläche möglich machte und dadurch für Laien einfachere Berechnungen der Mondzyklen zuließ. Anmerkung: Dr. Weintraub]

Er sei ein göttliches Wesen, verkündete der Zeremonienmeister, da er nicht Mann, nicht Frau sei. [Nichts dergleichen über Göttlichkeit fiel an diesem Tag in der Gemeinschaft *Die Hörner des Mondes.* Die kommenden Passagen beschreiben die künstlerische fiktive Aufarbeitung der Thematik durch die eingeladenen Literaten und Schauspieler. Anmerkung: Dr. Weintraub] Den Schauspieler ehrten sie auf einem hölzernen Thron sitzend, mit Blumen bekränzt und mit der laut durch eine Sprechhilfe von der Frau aus dem Moor vorgetragenen Geschichte des göttlichen Vogels Ziz, dem Mutterlosen, der mit seinen Flügeln eine Sonnenfinsternis bescheren könne, dessen Eier Beben und Fluten auslösten, träfen sie auf den Boden. Der Sehende Sänger des Südwinds. Als sie vom Spektralfeuermond sprach, hatten einige Tränen in den Augen. Dann wurde das Floß versenkt, bis es rot aus der Tiefe blubberte und nasse dunkle Federn ans Licht trug. Ich hatte es für Theatertricks der geschickten Blitzleute des Amphitheaters gehalten, bis mir jemand sagte, das Ziz nach Hause geschickt worden war. Auf dem Heimweg erläuterte Jevgenij, das bedeutete, dass sie den Schauspieler geopfert hatten, Irina aber war überzeugt, dass er nur nach Hause gegangen war, um sich umzukleiden, schließlich war er nass. Aber Jevgenij beharrte, dass es sich so verhielte, wie Weintraub sagte: Menschen flüchteten sich gerne in Religion und wollten an die Opferung »des Vogels«, wie sie sagten, glauben, damit der Stier, dessen Mondhörner sie anbeteten, sich nicht gegen uns richten würde. So wie Jevgenij an seine Revolution glauben wollte, dachte ich. Mein Gott hieß Zufall. Nicht Illusionsmond. [Die Flucht des Menschen in die Religion ist eine häufige Tatsache, in diesem Fall handelte es sich jedoch nicht um einen Kommentar zur Beobachtungsgemeinschaft, sondern um eine Interpretation des künstlerischen Werkes, bei der bedauerlicherweise der Darsteller des Vogels zu Tode kam. Anmerkung: Dr. Weintraub]

Als wir nach Hause kamen, humpelte unser Schatten vorbei, eine Hinterpfote eingeknickt, eingedreht, wie eine kleine Faust. Die Sehne musste gerissen sein. »Wegen des Schießwütigen gestern!«, schimpfte Irina. »Die Monde machen alle verrückt.« Solch großer Schmerz für einen solch kleinen Schatten. Er musste den armen Schatten erwischt haben, als er auf das Fingertier schoss. [Jenes Fingertier, das unser Subjekt sah, wurde von niemandem sonst beobachtet. Gideon schoss, ohne zu wissen worauf, sehr zum Unglück eines kleinen schwarzen Katers. Anmerkung: Dr. Weintraub] Sie fragte, ob ich die Tropfen genommen habe, die Weintraub mir gegeben hatte. Ich nickte, obwohl ich sie immer noch nicht benötigt habe. [Gegen ärztlichen Rat, Anmerkung: Dr. Weintraub]

Irina entschied, dass der Schatten nun im Kaminzimmer residieren sollte, und zauberte einen Korb mit Heu hervor. Sollte er genesen und in die alte Gewohnheit verfallen, in Kleiderschränken zu schlafen, würde der Duft auch die Motten fernhalten. Er schleifte die Hinterpfote so entsetzlich hinter sich her, schaffte es auch nicht bis zur Tür, um sich zu erleichtern, konnte seinen mageren, pelzigen Hintern nicht auf einem Beinchen stemmen, als er auf dem Schaffell zu sitzen kam, mit dem Irina winters ihre nackten Füße wärmte, und ließ mit entsetzt aufgerissenen Augen ein Rinnsal in die Felle laufen.

Jevgenij hätte ihn am liebsten dafür bestraft, hatte sich das Tier doch unbemerkt im Gebälk hausend als stubenrein herausgestellt und stets für die Notdurft den immer gleichen Strauch im Garten angesteuert. Doch Irina hob ihn vorsichtig hoch, worauf er kurz, aber spitz aufschrie. Langsam rieb sie dem Schatten mit dem Saum ihres Kleides die nasse Pfote, bis er zu schnurren begann. Dann schlief er ein. Irina murmelte ihm leise hübsche Worte zu. Sie wickelte ihn in Binden, wie eine kätzische Mumie, und wiegte ihn. Wohl um Irina zu bestrafen, wandte sich der wiedergekehrte Oskar meinen Schienbeinen zu, warf sich auf meine Zehen, ich kraulte seinen Bauch. Da war kein Herz, wunderte ich mich, aber vielleicht, so sparsam er es zeigte, hatte er nie eines gehabt, und was ich für dunkles Fell gehalten hatte, war immer schon schmutzige Kohle gewesen.

20 – Kieselsäure

In die nächste Gesellschaft fand sich auch Poema wieder ein, die sich in der Gesellschaft ihrer Mutter immer in eine Emotschka verwandelte, dieser Name passte wirklich zu ihr. Ihre Mutter, Frau Birne, war auch zugegen. Die Emotschka-Mona war diesmal gekleidet wie ein Papagei. Eine Papageien-Mona, die ständig unzufrieden war, jammerte, und die Mutter nahm ihr die hartgekochten Eier von den Brötchen, Scheibe für Scheibe.

Man sollte sich keine Illusionen über solche Gesellschaften machen, hatte man einer beigewohnt, hatte man allen beigewohnt; niemand erzählte etwas Neues, alle redeten über ihr eigenes Leid – nur ich nicht. Sie luden dies also bei mir ab und wenn sie damit fertig waren, begannen sie ihre Geschichte von Neuem, stieß jemand anderer dazu, versuchten sie es erneut unterzubringen. Sie spekulierten, was mit dem Schokoladenfabrikanten passiert sein könnte. Vom Scharfschützen ermordet? Papperlapapp, was die Journaille sich erlaubte! So einen von den Guten, so einen würde der Schütze niemals holen, lautete Frau Birnes Urteil, und Gideon zuckte beim Wort »Journaille« zusammen. [Er mag auch ob des Wortes »Scharfschütze« oder wegen des schroffen Tons der Dame reagiert haben. Anmerkung: Dr. Weintraub] Frau Birne schien die Morde des Scharfschützen für begründet zu halten. Auch wenn wir für die neue Lebensqualität dankbar sein mussten, schien mir eher das Gegenteil der Fall zu sein: Stets ermordete er die falschen, doch ich sagte nichts dergleichen. So wie Gideon auf den Kater anstatt auf das Fingertier geschossen hatte.

Ich müsste etwas anderes zu sagen finden: Ich wünschte, ich könne den anderen Anwesenden ein Kompliment einem Zauberspruch gleich machen, und sie würden vor mir verpuffen. Irina packte das Papageienmädchen an der Hüfte, schmiegte sich an sie: »Sie sind aber hübsch, Mademoiselle.«

Gideon, der selbsternannte Weltenbummler, hatte wieder begonnen zu referieren und man fragte sich, was das denn nun für eine Sprache sein sollte, denn erzählte er von Reisen, haftete sich ein schleimiger Dialekt an seine Worte, der Mann grunzt geradezu wie ein Schwein. Er lächelte mich an und sagte behilflich: »Vir sapit qui pauca loquitor.« [Klug ist der, der wenig spricht. Anmerkung: Dr. Weintraub] Irina schnaubte, sie hatte Gideon das Attentat auf den Kater nicht verziehen und dennoch hatte sie ihn wieder eingeladen. Der Wunsch, ihm ins Gesicht zu spucken, verursachte ein nervliches Zucken in einem meiner Oberschenkelmuskeln. Er hatte etwas Anmaßendes im Blick, obwohl ich sicher war, dass er sich innerlich vor mir krümmte wie ein verwundetes Tierchen. Ich lächelte auf ihn herab.

Dr. Weintraub habe ihn begleitet auf der Expedition und ein Führer, genannt Frosch. Sie hätten eine neue Antilopenart entdeckt, die über ein zweites Augenpaar verfügte, doch diese Augen seien nicht zum Sehen, sondern ausschließlich zum Weinen da. Die Dik-diks, wie sie von Frosch genannt wurden, würden diese Augen an Pflanzen reiben, um ihr Territorium zu markieren. Aber gewiss doch, natürlich hatten sie das.

Weintraub traute ich Entdeckungen zu, Gideon, dem Selbsternannten, jedoch nicht. Mit wackelnden schwarzen Haarschöpfen weinten sie auf ihre Grenzen.

Dr. Weintraub habe sämtliche Filme aufgebraucht, um diesen wissenschaftlichen Fortschritt zu dokumentieren. Daher gebe es keine Bilder von jenem versteinernden Teich inmitten der Wüste, zu dem die Völker der Umgebung ihre Toten kilometerweit schleppten, um sie für die Ewigkeit zu erhalten. Ich mochte keine Energie aufwenden, Entrüstung zu heucheln. Gideon selbst hätte sich als selbsternannter nebenberuflicher Kryptozoologe gerne näher damit befasst.

Der selbsternannte Mineraloge referierte über den Unterschied von gepresstem Stein, einerseits Korunde wie Saphire und Rubine und Ablagerungen wie Süßwasserschwämme, die mit ihren hohlen Kieselnadeln Erdschichten trennten und gepresst Feuerstein ergaben. Kein Feuerstein ohne Wasser, kein Feuerstein ohne Glasschwämme – wie kurios, dass man für Feuer Wasser brauchte. Für leuchtende Krebse wahre Kristallpaläste oder gar Grabkammern, wenn sie zu dick dafür werden. Dieses zauberhafte Bild der Krebse zerdonnerte er mit einem einzigen Wort: »Seuchenkörper.«

Ein einzelner Seuchenkörper könne eine derartige, versteinernde Veränderung des Bodens herbeiführen. In solchen Momenten dachte mein Körper jedoch die Gedanken deutlicher als mein Geist: Ich wischte die triefenden Hände an meiner Hose ab. Der bedauernswerte indische Junge, dachte ich. Das Wort »Seuchenkörper« ließ mich an ihn denken, vielleicht, weil er die Spinnenplage gebracht hatte.

Auch hätte jener Selbsternannte selbst allzu gerne gewusst, wie all dies in echten Farben ausgesehen hatte, denn er habe sogar begonnen, grünstichig zu sehen, durch das Rot der spektakulären und beeindruckenden Sonnenuntergänge. Wie Weintraub immer sagt, man sehe nur, was man erwarte, das Gehirn sagt rot, dann grün zu sehen, zeugt davon, dass mit dem Selbsternannten etwas falsch sein musste. [Diese letzte Einschätzung über den besagten Journalisten stammt nicht von Dr. Weintraub. Auch wenn klar ist, dass die Erwartung großen Einfluss hat: Wir sehen, was wir erwarten, weil wir bereits etwas gesehen haben. Der Verstand kann nur entscheiden, genauer hinzusehen, wenn unsere Erwartungshaltung nicht zu ausgeprägt ist. Anmerkung: Dr. Weintraub]

Von diesen Farben hatte er jedoch kaum erzählt, sondern nur davon, dass nachts sämtliche Tiere das Lager umkreisten und dass er hätte glauben können zu ersticken, hätten nicht die Todesschreie von Tieren davon gezeugt, dass der Sauerstoff zum Schreien wohl auch für den Schlaf ausreichen müsste. Dies brachte Emotschka zum Weinen. Gideon schwätzte so lange, dass ich zu dem Schluss kam, vom Standpunkt der Physik könne Sprache nicht von Lärm und Rauschen unterschieden werden. Vom Standpunkt meiner Seele aus auch nicht.

War Besuch da, schlief der Schatten oft regungslos in jenem Korb mit Heu, während Oskar den Platz auf Irinas Kleid zurückerobert hatte, auch wenn es nach dem anderen roch. An einem Abend schnitt sie den Saum ihres Kleides ab, um Oskar nicht zu wecken, erhob sich und komplimentierte Gideon, Birne und die immer noch heulende Emotschka zur Tür hinaus, zur Tür hinaus. Dann drehte sie sich zu uns um. Sie müsse uns etwas zeigen, sagte sie mit Grabesstimme.

Oskar, ignorant gegenüber all der Rücksicht, die man ihm erteilte, hopste auf das Parkett, pausierte, forschend, als sei er bereit, vor etwas zu flüchten. Ich streckte meine Hand aus, doch er blieb regungslos, blickte mich aus gelben Augen an. Doch sein Blick folgte in Wahrheit Irina, die vom Tischlein neben der Tür eine Statue ergriff – einen steinernen Oskar. Nicht, wie der Heimkehrer, abgemagert, sondern in voller Leibespracht, wie man ihn vor seinem Champagnerglas liegend vorgefunden hätte. Sie winkte mir mit einem Buch, das betitelt war mit *Graue Magie*, es ginge um die Wissenschaft hinter jenem, was uns magisch erscheine. Das Übernatürliche ähnelte uns nur zufällig und derartige Grimoires konnte man sich einfach nach Hause kommen lassen. Es gab keine Geheimnisse mehr auf der Welt, anders als in jener Zeit, als Bücher per Hand geschrieben wurden und rar und teuer waren. Da glaubte man ja auch, glauben zu müssen, was da geheimnisvollerweise stand, bloß weil es da stand. Sie sagte das mit immer feuchter werdenden Augen, glasig wie Vodka.

An einer Hand zog sie mich durch das Haus hinaus zur Terrassentür, und ich staunte, fragte mich, wie lange ich nicht mehr hierhergekommen war, wie überwuchert der Garten sich zeigte und trauerte um verlorene Zeit, während draußen laut etwas knatterte. Mochte es ein wild gewordenes Maschinengewehr oder dieses Motorrad sein, warum kann der Motorradfahrer sich nicht einfach totfahren? Und wenn ihm die Fliehkräfte die Augen aus dem Kopf drückten, bevor er den Tod spürte, er den Kopf am Bersten glauben müsste, wenn er sich überschlug, wenn nur Stille wäre. [Bei dem Knattern handelte es sich um ein Maschinengewehr. Anmerkung: Dr. Weintraub] Ich fluchte, während mir urwaldgleich scharfe Zweige ins Gesicht schlugen, und ich musste an das dunkle flämische Bild denken, das neben der Küchentür hing, auf dem ebensolche Zweige abgebildet waren, einer der Monde hatte nun auch ein blutig-rotes Gesicht aufgezogen.

Dann schwiegen die Kanonen auf der Straße draußen still, und befreit durch einen kurzen Blick auf den weiten Sternenhimmel wurde Irina ruhig. Sie hob einen Zweig hoch mit einer allerletzten Kirschblüte daran – konnte der Frühling schon wieder zu Ende sein? Hatte ich geschlafen? Sie hielt ihn vorsichtig in das Wasser unseres kleinen, stillen Teiches. [Der Wechsel zwischen nicht folgerichtigen Jahreszeiten ist bereits in vielen Gebieten des Kontinentes ein Problem. In Wetterberichten versuchte man neue Unterteilungen von Frühlings- und Spätlingswetter jeder einzelnen Jahreszeit, wie zum Beispiel Frühlingswinter und Spätlingsherbst, dafür hieß der Frühling nun Grauling und es gab Frühlingsgrauling und Spätlingsgrauling in den Wetteranmerkungen der Zeitungen, jedoch setzte sich diese Sprechweise nicht durch, nebenher der Sprachrat Kampfschriften dagegen verfasste, abgedruckt in der Weintraub Druckanstalt für akademische Schriften. Anmerkung: Dr. Weintraub]

»Es würde die Kunstwelt korrumpieren«, sagte sie mit einem Schlucken. Die neumondliche Gezeitenwucht habe den indischen Jungen angespült, behauptete sie, der zur versteinernden Bodenveränderung geführt hatte. Seuchenkörper, flüsterte ich in mich hinein.

Dann hielt sie mir den Zweig hin, auf dem zart, geradezu durchsichtig die letzten Kirschblüten aus Stein waren. Eine Mineralquelle, satt durchzogen mit Kieselsäure, die Blätter wie Zweige Molekül für Molekül, Atom für Atom in Stein verwandelt. Das ist, was mit unserem Oskar passiert war. Das Tier, das sich in den letzten Wochen von Irina liebkosen ließ, war nur ein impertinenter Scharlatan. Oskar war nicht einfach in den Teich gefallen, er war in den versteinernden Teich gefallen. Sie erzählte es wie ein Kind, das alles weiß, was es über die Welt zu wissen gibt. Oskar der Zweite, wie wir ihn fürderhin nannten, saß in der Terrassentür und wagte nicht näher zu kommen. Unser kleiner Schatten betrat den Garten seit seiner Schussverletzung ohnehin nicht mehr. Man konnte es sich nicht mehr ausdenken! Zwar stimmte ich ihr zu, dass der Junge dafür die Ursache war, aber mit dem Zweitmond hatte dies rein gar nichts zu tun. [Möglicherweise hat es mit dem Mond, nicht jedoch mit einem »Seuchenkörper« zu tun. Anmerkung: Dr. Weintraub]

Jevgenij nickte, kein Wort zu irgendwem, wies er uns an, schenkte mir dazu ein halbes Lächeln, ganz süffisant. Irina wedelte mit dem offensichtlich abnehmbaren Geweih des versteinerten Wolpertingers zur guten Nacht: In Zeiten des Krieges brauche man die Kunst umso mehr. Dabei war der Krieg noch gar nicht da. Dann brachte Irina ihre Kopfschmerzen und schmutzigen Füße ins Bett.

Oskar der Zweite würde sich unter ihrer Bettdecke zusammenrollen. In den nächsten Tagen würden sämtliche Blüten erfrieren.

21 – Ein entflogenes Wort

Eines Abends, ich war bereits zu Bett gegangen, spürte ich, wie der Schlüssel meiner Zimmertür sich von selbst im Schloss drehte, der Bolzen glitt zurück, die Tür schwang sacht auf. Ich kroch mit kalten Füßen aus dem Bett. Auch alle anderen Türen im Haus waren aufgeschwungen. Ich dachte, nun sei das Gewitter endlich da, glaubte, meinen Kanari flattern zu hören, schob das Tuch über dem Käfig ein wenig zur Seite, und ein Windstoß warf ihn im Käfig hin und her, bis er auf dem Zeitungspapier am Boden aufschlug. Vorsichtig öffnete ich die Käfigtür und nahm ihn heraus.

Ich schlich, mein totes Vögelchen in Händen, die Treppe hinunter und sah durch die offene Tür Kommissar Schmetterling sitzen, oh, er könnte gleich den Mord an meinem Vögelchen aufklären. Er sprach mit Irina darüber, dass Mona ganz aufgelöst sei, eben eine echte Emotschka, denn ihre Mutter, die nur ich Frau Birne nannte, habe den Zeh ins Wasser unseres Gartenteichs gesteckt, und sie habe sie stützen müssen, als sie ihn herauszog, er war ganz aus Stein. Ich wunderte mich: Frau Birne war doch niemals in unserem Garten oder an unserem Teichlein gewesen.

Oskar der Zweite war gerade auf dem Weg nach draußen gewesen, als der Wind die Tür so laut zuschlug, dass Oskar der Zweite einen erschrockenen Hopser machte. Oskar der Zweite sprang, oder eher durchwanderte, all jene anmutigen

Bewegungen, die einen Sprung vorgesehen hatten, rührte sich aber in Wahrheit keinen Millimeter, worauf ich über seinen Körper stolperte wie über den boshaft vorgestreckten Fuß des Schicksals. Er blickte dümmlich bis verwirrt und reagierte nicht darauf, sondern schlich auf Irina zu, damit ihm die Tür wieder geöffnet wurde, während ich auf dem Fußboden lag, sicher, dass mein Genick den Sturz auf die Holzdielen nicht verkraftet hatte.

Plötzlich sah ich Irina, leuchtend zwischen Bäumen, und nur in der Ferne war Dunkelheit, eine Wand, elektrische Lichter unter Laub, und sie schlang ihre Arme um ein Reh, liebkoste es hinter den Ohren, Oskar der Zweite warf ihnen einen verächtlichen Blick zu. Natürlich war mir klar, dass ich träumte. Die Hufe des Rehs klapperten auf dem Parkett und den Fliesen der Küche, und schließlich war alles ruhig unter einem weiten Sternenhimmel, die vernunftlose Panik eines Gefangenen war gewichen. Da leckten kleine wieselige Wildtiere Irinas Finger ab, während sie spöttisch zu den Monden hinaufblickte. Gideon redete auf mich ein. Dann folgten Schokoladeerdbeeren und ja, dich meine ich, ich werde dich kochen und essen und meine Zähne spitzen wie Irinas Tierchen, ein Feuer machen, dich besiegen, dich inhalieren und jetzt magst du noch lachen.

Da wurden die Schokoladenerdbeeren zu kleinen Geckos, an denen ich zu ersticken fürchtete, und so wachte ich auf mit abgebissener Zunge, Blut und Schmerz im Mund, nicht wissend, wie viel von dieser Nacht nur geträumt war. Irina hatte am Morgen für mich nach Dr. Weintraub geschickt, und während mein Mund weiter und weiter in Blut versank, dass mir stets übel war, versank mein Kopf in Morphinen. Mein Kanari sei entflogen, flüsterte mir

Irina zu, wann immer ich fiebrig auf den Käfig deutete. [Das Subjekt träumt von Irina, Schokoladeerdbeeren und gibt uns diesen Traum, so gut es kann, wieder, auch wenn wir nicht sicher sein können, wie verlässlich die Auskunft über den Traum ist, der zum vermeintlichen Abbeißen der Zunge geführt hat, oder wie stark sie post hoc vom Subjekt verändert wurde. Die Deutung der Tierlandschaft des Traumes überlassen wir den Freudianern. Anmerkung: Dr. Weintraub]

22 – Blaue Nächte

Der Mensch sieht nur, was er glaubt, hatte mir Weintraub erklärt, als ich noch nicht genug Kraft hatte, Notizen zu machen. Wir müssten unsere eigene Nase sehen können, blendete unser Geist sie nicht erfolgreich aus. Weintraub wusste, wovon er sprach, was derlei Täuschungen betraf, war er ein kluger Mann, aber was dies mit meinem Zustand zu tun haben sollte, erschloss sich mir nicht. [Dem werten Leser erschließt sich hier gewiss, dass die abgebissene Zunge eine Illusion ist. Unser Untersuchungssubjekt hat sich offenbar selbst den Mund verboten und dies in eine Wahnvorstellung umgesetzt. Das Herbeiimaginieren eines Zwangszustandes geht einher mit der Leugnung, dass die Monde Auswirkungen auf das Subjekt und seine Umwelt hätten. Der Kommentator ist verantwortlich für das, was er sagt, nicht für das, was andere hören. Anmerkung: Dr. Weintraub]

Weiters schlug er vor, dass ich ein Tagebuch betreiben und meine Beobachtungen aufzeichnen solle. Dies hat zur Entstehung dieses Schriftwerks geführt, damit der Doktor daraus lernen kann. Wie schmeichelhaft, dass er meine Beobachtungen für relevant hält. Er meinte zur Benutzung des Notizbuches, ich solle mir ein Fußbad einlassen, mich in die Badewanne oder an die Vogeltränke, den Springbrunnen, die Wasserkunst oder an einen Steg, keinesfalls aber an einen Schreibtisch setzen, es sei schließlich keine wissenschaftliche Abhandlung. [Aus diesem Zusammenhang entlehnte unser Subjekt offensichtlich die Leseanleitung, die diesen Aufzeichnungen vorangestellt wurde. Anmerkung: Dr. Weintraub]

Ich solle jedenfalls meine Mondtropfen nehmen. Ich nickte artig. Wie kurios, wo doch Wissenschaft ein Werk, gesponnen aus Skepsis, war und zu so einem naiven Glauben an sich selbst gelangt war, dass Weintraub mich mit seinen Diagnosen einfach überfuhr. Den Fuß im eigenen Auge sah er nicht, den Zeh im Auge des anderen durchaus. Er hatte sich seine Vorstellungen so tief in den Augapfel getreten, wie ich es sonst nur von unserem Selbsternannten kannte. Vielleicht war ich allein damit, offenen Auges ins Unglück treten zu müssen. [Dr. Weintraub möchte diese Anschuldigung zurückweisen. Das ärztliche Vorgehen war von höchster Vorsicht geprägt. Anmerkung: Dr. Weintraub] Weintraub versuchte auch mir einzureden, dass all die verwirrenden Temperaturstürze und Jahreszeitenwechsel mit den Monden zu tun hatten, dabei hatten sie nur damit zu tun, dass ich schlecht schlief. Das war der einzige Fehler innerhalb meines Kopfes. Alle anderen Probleme befanden sich eindeutig außerhalb. Als gäbe es auch da diese Wird-schon-stimmen-Mentalität, die sich selbst in wissenschaftsfernen Gesprächen durchgesetzt hatte. Steter Tropfen höhlt eben das Hirn. Der moderne Geist war ebenso verpanzert und verkrustet wie die Erde. Da hatte ihm die

Wissenschaft wohl seinen Verstand vergiftet, auch als ich meinte, dass es mit den Mondphasen gewiss nichts zu tun hätte, fuhr Weintraub nur fort, Wahrheit helfe eben nur, wenn sie akzeptiert würde. Wie recht er damit hatte und welch eine Ironie dies birgt. [Das Subjekt kommt der Erkenntnis in diesem Moment erstaunlich nahe, leider verhält es sich mit den Monden und Wetterumschwüngen genau umgekehrt – sie sind außerhalb der Geisteskraft des Subjektes, im Gegensatz zu all den anderen Anwandlungen. Anmerkung: Dr. Weintraub] Weintraub grummelte all dies vor sich hin, als beschwöre er eine frische Wunde. [Weder grummelte der behandelnde Arzt, noch hält er etwas von Beschwörungen. Anmerkung: Dr. Weintraub]

Er sprach auch über die Krankheit: Pseudologia phantastica, die Lügenkrankheit, die doch auch durch und durch eine Erfindung von ihm sein konnte. Vermutlich merkte er das aber selbst nicht. Kein Utopist kann sich vorstellen, dass lügenlos kommuniziert wird. Ich dachte an Gideon, den Selbsternannten, der stets eine Antwort hatte, vermutlich erfand er sie manchmal.

Über mein Leiden mit der Zunge wollte Weintraub jedenfalls nichts hören und mich offensichtlich auch über nichts informieren. Nicht über den verdorbenen Magen wegen all des Blutes. Nicht wie viel Zeit ich verloren hatte, dass die zuckende Zunge in der Blutlache vor meinem Bett nicht mehr angefügt werden konnte – sie war unwiederbringlich verloren. Wie viel Zeit ich mit dem Kopf in Morphinen verloren hatte, würde mir ein Rätsel bleiben – war das knisternd knackendes Laub vor dem Fenster, mit dem der Wind den Schatten Geheimnisse zuflüsterte? War ich nun nicht auch selbst so ein Schatten?

Versuchte ich durch einen albernen Reflex zu sprechen, entrang sich meinem Mund nicht mehr als ein fernes metallisches Geräusch, wie der Ruf eines Fahlseglers. Zeit war verstrichen, Schiffe und Flugzeuge waren spurlos verschwunden, und die Wasserspeier blickten verliebt auf Irina hinab, als sie mich nachts nach draußen zog, um im blauen Licht des Mondes spazieren zu gehen. Nicht ein Mond, wie man sagte, alle blauen Zeiten, sondern ein blaues Licht auf die Pflastersteine werfend, die regennass zu glänzen schienen, in der Luft war keine Niederschlagslaune spürbar und keine blauen Wolken waren weit und breit.

Irina versuchte mich wieder auf die Welt vorzubereiten, doch hätte ich lieber noch mehr Ruhe gehabt, Rücksicht gewünscht, hatte ich denn nicht ein Recht auf Genesung? Sie wollte davon wohl nichts wissen. Nahm ich sie an den Händen, um ernsten Wortes mithilfe eines Notizbüchleins dies einzufordern, lachte sie, sagte etwas Albernes oder erklärte mir, dass ich Freude haben würde an ihrer nächsten Gesellschaft, so als ob ich Freude zu haben hätte. Irina nannte mich ihr Äffchen. »Lass mein Äffchen in Ruhe!« Ich fand es albern, wehrte mich jedoch nicht. Hätte ich dagegen aufbegehrt, sie hätte das »Äffchen« wohl kaum ernst genommen. Vielleicht hätte sie sich dann in noch mehr an Herablassung nach vorne geflüchtet, mich in die Wange gekniffen oder Derartiges getan.

Das Meer jagte seine Heere unaufhörlich voran, ließ sie verenden für eine Handvoll erbeuteter Kiesel. Früher lag die Stadt nicht am Meer, dann alle halben Jahre, nun tat sie das alle zwei Wochen. Wir sahen vom Balkon aus zu, wie weit das Wasser diesmal kommen würde, einander zuprostend. Vielleicht trug dieser Mond Wasser, was wussten wir schon hier unten? Und meine Zunge hopste von der Terrasse Stufe für Stufe auf mich zu.

Irina ließ sich für ihre neue Skulptur, ein Vögelchen mit weit ausgebreiteten Flügeln, loben. Ihrer Technik wurde gehuldigt, Frau Birne überlegte, ob es in ihren Salon passen würde. Erst da bemerkte ich, dass ihr Fuß ganz starr war. »Sie tritt nun ganz *versehentlich* die Kandidaten«, raunte mir Poema-Mona zu, und nun wusste ich, woher ich Frau Birne kannte: Von jenem Tag, als wir Irina und Jevgenij kennengelernt hatten. Geschah ihr recht, ein steinerner Fuß der harten Frau, doch sagen konnte ich das glücklicherweise nicht. Als hätte Irina eine Strafe über sie verhängt. [Die Änderung der Wasserqualität hin zu versteinernden Komponenten ist höchst besorgniserregend. Zum Zeitpunkt der Niederschrift dieser Zeilen durch die Hand des Subjektes war dies dem behandelnden Arzt der hier »Frau Birne« genannten Dame, deren Namen wir nicht nennen wollen, noch nicht bekannt, weswegen ihr Krankheitsbild nicht kontextualisiert werden konnte. Anmerkung: Dr. Weintraub]

Irina hatte mich befreit, aber kaum aus Einfühlsamkeit, sie hatte mich keines Blickes gewürdigt. Ich aß ein Nougat, es war ausschließlich bitteres Fett. »Halt den Mund!«, sagte sie, als hätte ich eine Wahl. Sie sank zusammen, weniger aus Scham als vielmehr, um Emotschka unter dem Tisch einen bedeutungsvollen Fußtritt zu versetzen. Der Regen klopfte in dieser Nacht an den Fenstern um Einlass, als meinte er es diesmal wirklich ernst. Ich wünschte, der Sturm würde das Dach eindrücken.

23 – Krähen

Jevgenij hatte ein neues Stück geplant. Ich war am Nachmittag beim Arzt gewesen, wegen der Übelkeit, die, seit ich so viel Blut geschluckt hatte, niemals wirklich vergehen wollte.

Ich konzentrierte mich darauf, aus dem Fenster zu schauen, sodass mich niemand anspräche, denn man könnte mein Nichtantworten als Unhöflichkeit auffassen.

Duckmäuserisch wirkten sie alle unter den Balken unseres Dachbodens und es erinnerte mich daran, dass meine Mutter mir einst vor langer Zeit gesagt hatte, dass die Welt aus Monstern bestünde, die geradezu biblisch mit scharfen Krallen und triefenden Mäulern aus lehmigen Schlünden gekrochen kämen, einander verschlangen und von Stärkeren verschlungen wurden, bis die Umstände ihnen ein Ende bereiteten und neue aus dem Erdreich hervorkröchen. Ich kann mich kaum mehr an meine Mutter erinnern, obwohl ich doch erst kurz vor dem Studium ausgezogen bin. Ob Mensch oder Tier, es waren Spiegel aus Fleisch und Blut, und Jevgenij war ihr neuer Anführer. Stünden sie aufrecht, sie machten Jevgenij zum Gott. Die Monde hingen gleichgültig im Himmel.

Ständig tuschelte Mona mit jemandem von der Universität, die ich nur mehr selten aufsuchte, denn ihre Inhalte langweilten mich. Zudem ging sie immer öfter mit mir nach Hause, als sei ich ihre Eintrittskarte in das Haus. Ging ich zur Universität, schleppte ich sie nach Hause wie einen Parasiten oder einen Straßenköter, den man nicht abwimmeln konnte. Ständig wollte sie Diskussionen über die Revolution beginnen, während Jevgenij und Irina dem nachgingen, was sie immer taten, und nur gelegentlich für ihre Diskussionen zu haben waren. Ich glaube, Mona wollte Jevgenij denunzieren, ich wusste nur nicht wofür.

Sämtliche Notizen, gewitzte Antworten und Repliken, die zur laufenden Unterhaltung gehört hatten, hatte ich zerknüllt, denn das Gespräch schritt stets zu schnell voran. Da konnte ich ebenso gut den Mund halten und aus dem Fenster schauen, dachte ich eines Abends, als ich entschied, dass es wohl besser wäre, der Universität bald ganz fernzubleiben. Dort wurde nur eine einzige Mondlehre gelehrt und sie war falsch. [Das Subjekt lässt sich erstmals zu einem solch harten Urteil hinreißen. An den Universitäten ist man sich über die Echtheit des zweiten Mondes im Klaren, was der starren Vorstellung des Subjektes widerspricht. Anmerkung: Dr. Weintraub]

Die Dämmerung hatte die andere Straßenseite von den kleinsten zu den höchsten Häusern bereits mit grauem Samt überzogen, und draußen eilten die Leute umher, immer undeutlicher, verschwommener und im Dunkeln verschwindend. Nur über die großen Wege waren Reihen von Ketten und Lichtlein wie ein Spinnennetz über der Stadt gespannt, blinkende Lämpchen von Schiffen, geschwaderweise. Einer der Monde war so bedrohlich nah, bemerkenswert titanisch, als wolle er sich an uns drücken, liebevoll wie an eine mütterliche Brust.

Jevgenij ließ noch einige Zeilen fallen über den Mut, den man in Anbetracht der Angst des eigenen Leidens benötigte, und schloss damit seine ästhetische doch unklare Rede. Daran, dass in seinen Worten kein Inhalt zu finden war, schienen sich die Gäste nicht weiter zu stören, denn bereits am nächsten Abend erreichte uns die Hiobsbotschaft, dass der verschwundene Schokoladenfabrikant von einem Schwarm

Krähen davongetragen worden sei. In den Zeitungen war nichts darüber zu finden, und ob es sich um menschliche oder tierische Krähen gehandelt hatte, war völlig unklar. Zumindest hatten die Zeitungen verlautbart, man habe die Leiche eines Mannes mit ausländischem Akzent gefunden und der Schokoladenfabrikant sei ausländisch gewesen und Jevgenij konnte nicht aufhören, darüber zu lachen. Ob auch ich einen Akzent hatte?

Krähen turnten auf Leitungen oder zerlegten das Vogelhäuschen Nagel für Nagel, das Irina nur für die Rotkehlchen in den Garten gehängt hatte. Warum sollte man ihnen nicht zutrauen, Menschen in die Lüfte hinaufzuschleppen? Unterschied machte es keinen. [Da die Welt unglaublich ist, fällt es uns leicht, unglaubliche Dinge zu glauben, insbesondere glauben wir bereits etwas Unglaubliches, so glauben wir auch gerne das Unglaubliche, das daneben gedruckt wird. Anmerkung: Dr. Weintraub]

Ich hatte mittlerweile verstanden, dass der Inhalt von Jevgenijs Reden wirklich nicht von Bedeutung war, nur die Schönheit und Inbrunst der Worte, und davon abgesehen war moralisch, was der Revolution half, und unmoralisch oder gar kriminell, was ihr im Weg stand. Für diese Reden hatte ihm die französische Form *d'accord* gefallen und weniger Französisch als vielmehr wie im altgriechischen Theater antworteten die Zuhörer seither mit den Worten: »Wir sind der Chor!« – ganz gleich, was Jevgenij sagte. Ich antwortete nicht. Die Journaille schrieb von radikalen Elementen oder radikalen Teilchen und meinte damit uns. Jevgenij führte wie ein Chorführer einen gehorsamen Chor oder wie man neumodisch sagt: die Monde die mordenden Meere.

Jevgenij gab niemals klare Instruktionen, er schob einen

hierhin und dorthin, und man tat dann einfach, machte, ohne groß zu denken. Bedeutungen sind eben wie Geister, sie leben irgendwo im Nimbus zwischen toten Worten und der prallen Welt, und somit war Jevgenij stets unschuldig an allem. Seine Schriften schlugen Flammen, Wortfunken stoben durch die Menge, die Pamphletisten fassten eilig zusammen. Der äußere Zwang, ein zufriedenes Gesicht zur Schau zu tragen, hatte niemandem dabei geholfen, zufriedener zu werden. Ich streichelte zur Zerstreuung den Bauch des käterlichen Doppelgängers.

24 – Klopfklopf

Langsam wuchs der Frühling unter den alten Himmeln und die Kriegswut in den Menschen. Die Tage trugen ihre Last den Abenden auf, an denen unzählige Säuberungen auf bloßen Verdacht hin stattfanden, manche blutig, und Beschuldigte mussten erleben, wie jene, die ihnen am nächsten standen, zu Anklägern wurden.

Zumindest sagten das die Zeitungen. Einige immerhin, die anderen Zeitungen sparten all dies aus, und mehr als zwei Arten von Zeitungen gab es ohnehin nicht mehr: die wahren und die falschen. Die elektrischen Lichter glitzerten in den Bäumen und ein Neumond und ein Vollmond hingen wie zitternd nebeneinander. Ich wetzte die Plätze auf und ab, wo Mona mich treffen wollte, und es ermüdete mich. Ich wanderte zwischen den Marmorbögen und Springbrunnen. Der Geruch des Grases und der zarten Blüten war mir lästig. Das Springbrunnenwasser plätscherte hell wie Silberketten. Das Klappern von Geschirr zu Hause wäre auch zu viel der echten Welt gewesen.

Ich hatte auch, als meine Worte noch bei mir waren, oft die Befürchtung gehabt, ich könne leer, ohne wirkliche Daseinsberechtigung sein, und dieses Gefühl beschlich mich stets, wenn ich nicht allein war. Ich hatte meine Zunge hüpfen sehen auf den Holzdielen im Flur des ersten Stockes, in ihrer Blutpfütze und sie klopfte, klopfte immerzu.

Eines Nachts, Oskar machte sich gerade bereit für die mittlerweile allnächtliche Operettenprobe mit einer Arie darüber, dass abermals das gleiche Futter im Champagnerglas war, er infolge also zu verenden habe, ertappte ich mich, als ich aufstand, um die Blutpfützen wegzuwischen, die meine Zunge, die mich einen ganzen Nachmittag lang verfolgt hatte, überall auf den Böden hinterließ. Doch Irina lachte über mich, da seien niemals Blutpfützen gewesen, das Klopfen habe sie allerdings auch gehört, es könnte das verschollene Fingertier sein, das sich die dunklen Winkel über den Balken mit unserem lieben Schatten teilte. Ich mochte nicht, wenn sie mich verspottete. [Wir können hier immer noch nicht sicher sein, dass das Subjekt verstanden hat, dass es kein Fingertier gibt. Es gab kein Fingertier, so wie die Zunge nicht abgebissen wurde und so wie der Mond mehr ist als nur ein Spiegelbild. Warum die Illusionen des Subjektes sich auch auf den Kater, der Fingertier sein solle, erstrecken, ist unklar. Wir können nur mutmaßen, dass dies mit den vermeintlichen Klopfgeräuschen zu tun hat. Anmerkung: Dr. Weintraub]

In der nächsten Nacht trieb mich dieses Klopfen abermals aus dem Bett und ich hastete meiner Zunge hinterher, um sie wieder einzufangen. Beim Frühstück drehte sich das Spiel um und die Zunge jagte mich. Sie hatte nicht von mir abgelassen, war mir vom Salon, in die Küche, die Treppe hinauf, in mein Zimmer, zurück in das Kaminzimmer und so weiter und so fort gefolgt, bis ich das Haus verließ. Vielleicht, so glaubte ich, kehrte ich in mein Albtraumbett zurück, würde die Zunge hierbleiben. Ich schlug die Tür hinter mir laut zu. [Der Arzt wurde nicht konsultiert. Anmerkung: Dr. Weintraub] So klopfte es, die ganze Zeit.

25 – Ein Kind einer Zeit

Wir konnten es an uns selbst erleben und an anderen beobachten: Wie der Körper auf ein katastrophales Ereignis reagiert, das die körperliche Sicherheit bedrohte. Der Tag, an dem der Krieg entzündet worden war.

Meine Zunge hatte mich nicht bis in mein altes Heim verfolgt, sie war mit allem Ungesagten in dem leeren großen Haus geblieben. Ich schlief tief, als Poema an meine Tür hämmerte und ich einen Augenblick lang glaubte, die Zunge habe mich gefunden. Nicht Poemas Kopf reagierte auf den Kriegsausbruch, sondern ihr Körper, nicht das vernünftige Selbst, sondern das endokrine System, Hormone, Blutgefäße, kurz, sie gehorchte ihrer inneren Emotschka. Sie habe hundertmal versucht anzurufen, ich hatte das Telefon ausgesteckt, um uns allen etwas zu ersparen, zeigte wieder auf meinen Mund, ich könne ja Klopfzeichen geben, so wie sie mir durch die Tür Klopfzeichen gegeben hatte, ich zeigte auf meine Ohren, mit ihnen war bedauerlicherweise alles in Ordnung, sie sprach ja auch jetzt gerade mit mir. [Hier tritt das Subjekt in den Stresszustand ein, der zum Auslöser einer größeren Selbsttäuschung wird, obwohl das Subjekt die offensichtliche Fähigkeit an den Tag legt, über die körperlichen Vorgänge dieses Stresszustandes zu reflektieren, entgeht es dennoch nicht den eigenen Wünschen und Ängsten: Die Angst zu sterben, der Wunsch, bereits tot zu sein und nichts zu fürchten, in einem. Anmerkung: Dr. Weintraub]

Wie eine Maschine, in die man endlos Münzen geworfen hatte, mechanisch, so hämmerte sie an meine Tür. Als sei es eine Sache von Leben und Tod, dass ich sogleich öffnete. Sie zog nervös Fratzen, als die Tür aufging, als müsse sie krampfhaft aktiv sein, etwas unternehmen, rennen, schreien, Rumpelstilzchen spielen!

Sie wollte meine Pläne und vor allem deren zeitliche Umsetzung wissen und begann dann zu weinen. Dann lachte sie, dass wir uns schon durchschlügen, und man hätte ihre Unterwerfung unter Adrenalin und Dopamin für Wahnsinn halten können. Dann warf sie mir vor, so ruhig zu sein, als sei sie ein kopfloses Huhn, das wünschte, dass man mit ihm in dieselbe Richtung läuft. Ich solle doch etwas sagen, forderte sie mich auf, und ich deutete auf meinen Mund, und sie erinnerte sich. Ich fand meine Lage bereits nicht weiter beschämend, nur ein bisschen weh unten in der Herzgrube. Ein solider Gruß folgte, auch wenn ihr Herz noch springen will wie eine Granate. Sie glühte, hübsch war sie in dem Moment. Vielleicht hätten die Monde die Erdachse endlich gekippt, meinte sie.

Kopflose Hühner, dachte ich, sind zum Essen, nicht zum Reden da, so wie mein Mund nur zum Staunen, nicht zum Reden da war. Der Instinkt beherrschte sie. Sie zerrte mich aus meinem Versteck hinaus in den Frühling mit Nässe und Kellerduft und zurück in das Haus, das ein paar rudimentäre Möbelstücke gewonnen hatte, doch es hallte schrecklich auf den Gängen.

Irina zeichnete Oskar, der auf dem Fensterbrett lag, sie schien weder wütend noch ängstlich, sie erzählte im altbekannten Ton, dass sie heute den üblichen Tätigkeiten nachgehen werde, sie hatte für heute zugesagt, eine Friedhofsführung zu geben. Ich stellte es mir anstrengend vor, wenn der Geist so darum kämpfen muss, schlechte Nachrichten abzuhalten. Ich dachte an die Katzen, die wie mahnend über die Gräber schlichen, sich tags hier sonnten und nachts im Mondlicht die gespeicherte Wärme der schwarzen Steine aufsaugten und zu sagen schienen: Lieg nun in der Sonne oder du hast nie mehr Gelegenheit dazu. »Alle werden nun Lärm machen und sich dann wieder beruhigen«, sagte Irina, es bestünde keine direkte Gefahr für unsere Stadt hier und wer wisse schon, was die Journalisten alles erfunden hätten, nicht alles konnte wahr sein, in manchen Zeitungen stand gar nichts, sie kannte das ja zur Genüge von ihren Ausstellungen.

Es gibt keinen Grund, davon auszugehen, dass Preise steigen oder Grenzen geschlossen werden. All das ist weit weg, wir sind sicher. Hinter der Blockade aus Novocain, dachte ich. Ich konnte sehen, dass die Poema-Mona, für einen Moment ihr Rennen, Schreien, Heulen unterbrechend, Irina für gleichgültig hielt. Emotschka-Mona dagegen hätte lieber eine Umarmung gehabt und die Trauer geteilt.

Jevgenij betrat den Raum und drückte Mona schnell, aber verständnisvoll an sich. »Wir müssen etwas tun, zu weinen bringt nun nichts.« Auch das kränkte Emotschka. Sein Blick fiel auf Irinas Zeichnung, er rollte mit den Augen, als sei er wütend auf ihre Starre. Ich hielt Emotschka an der Hüfte, als sei ich ein starker Mann, obwohl ich mich nicht verantwortlich fühlte, es schien mehr eine moralische Pflicht. Emotion war doch bereits das Gleiche wie Moral. Emotschka forderte, im Recht zu sein, weil sie die meisten Gefühle hatte. Ich war machtlos gegenüber dieser Sichtweise, dies entband mich jedoch auch jeder Verantwortung. Irina würde in ihrer Alltagsflucht ihm später am Tag noch wütend an den Kopf werfen, ein gefährlicher Psychopath zu sein, diese Ängste noch zu züchten. Und das nur, weil er den Krieg ernst nannte und – um Himmels willen! – ihn auch noch Krieg nannte.

Niemand konnte sich seine eigene Reaktion aussuchen, man musste überleben mit dem, was man hatte. In diesen ersten Wochen des Krieges hatte Jevgenij begonnen, mit dem Parfümeur als Fahrer zu arbeiten, der für den Krieg seine Parfümerie verpfändet hatte, der wünschte zu überleben, und dies nicht planlos versuchen wollte. Er verkaufte auch alle Parfums für die Kriegskasse. Containerweise schickten sie aus der Ferne medizinisches Material in unseren Hafen. Eine alte Großmutter in Israel erinnerte sich noch, wo tief in den Katakomben Bunker befestigt worden waren, vier Stock unter der Erde, die bis jetzt versiegelt waren.

Jevgenij begann, genossenschaftlich Häuser zu verwalten, teilte sie jenen zu, deren Wohnungen weiter im Osten bereits zerbombt worden waren, und er erhielt eine Aufwandsentschädigung dafür. Zudem brachte jeder Zug mit dem Leben durch die Nacht auf der Rückfahrt Güter für die Stadt, für die Territorialabwehr, denn sie alle brauchten einen Plan. Die Fabrik, die zuvor die Papierhülsen der Papirossy hergestellt hatte, stampfte nun Patronenhülsen.

Mich machte der Krieg bescheiden, ich wollte nur meine Träume wieder. Ich war gerne ein Kind meiner Zeit gewesen. Die Zeit, in der man an unheilbaren Frieden glauben durfte. Daran, dass auch der Klügste irgendwann auf den Klügeren hört, der Weiseste auf den Weiseren. Die Besatzer behaupteten, sie seien Befreier, doch befreit wollten wir nicht werden. Der einzig unheilbare Frieden war nun wieder der Tod.

Wir witzelten, dass Oskar eine biologische Waffe sei, und man konnte darauf wetten, welche Städte zerbombt würden. Ich wettete gegen uns, der Wetteinsatz half, kugelsichere Westen zu bezahlen, oder zumindest das Material dafür. Emotschka hatte sich langsam beruhigt und saß an der Nähmaschine oder flocht Tarnnetze, während wir täglich das Theater des Krieges, abgebildet von den zwischen Sternen blinkenden Satelliten, beobachteten.

Bald suchte man Männer für gewagte Einsätze bei zu geringem Lohn, bitterer Kälte und langen Monaten der Dunkelheit, ständiger Gefahr, zweifelhafter Wiederkehr für die Ehre und symbolischer Anerkennung im Erfolgsfall. All das, damit zwei kaum trainierte Gruppen einander über Fragen des Lebensstandards und des Glaubens töten konnten, dies dachte ich zumindest, bis man mir meinen Lebensstandard mitsamt Leben nehmen wollte.

Haufenweise Tote würde es geben, sagten beide Arten von Zeitungen, und die Männer in der Stadt waren alle nervös und knirschten mit den Zähnen, wenn sie die Straßen entlanggingen, vom Scharfschützen hatte niemand mehr gehört. Sie würden kämpfen und die Gegner würden dasselbe mit Angst oder Adrenalin in den Venen tun, denn das Auge musste zuerst besiegt werden. Auch manch Statistiker musste besiegt werden durch Papiersoldaten, denn wer wusste im Nebel von Koluszki schon so genau, wie viele Menschen einem gegenüberstanden. In den Diskussionen fanden sich stets die Bestien auf der einen und die rechtschaffenen Menschen auf der anderen Seite, Worte, die die

Lippen verbrannten, wurden nur von den Bestien benutzt, so konnte man sie erkennen.

Seit Kriegsbeginn habe ich zu wenig gegessen. Nachts begegnete mir Irina auf dem Flur als Hexe, zerzaust, mit schmutzigen Füßen, und natürlich sagte sie mir, dass ich morgen sterben würde, während sie tagsüber tat, als ließe sie alles kalt.

Dann hatte die Akutphase geendet, die die Psyche ja doch nicht länger als zwei, drei Wochen aushalten konnte, also ein bis zwei Mondphasen, je nachdem, welche man zählte. Die Sicherungen schalteten sich langsam wieder ein und eine unangenehme Erschöpfung folgte, die hormonelle Besessenheit wich aus uns allen. Damit glaubten wir das Schlimmste überstanden, als das Adrenalin nachließ. Während am anderen Ende der Welt Menschen noch fragten, wozu Bockspringen gut sei, hatten wir unsere Antwort: Eine Kriegsübung, denn ihr alle werdet über Mülltonnen hüpfen oder euch flach auf die Erde pressen, sobald es knallt, bevor von der Blutarbeit überhaupt etwas zu sehen ist. Bald würde es viel Arbeit für die Psychografen geben, von so vielen neuen Toten Briefe auf jenseitiges Papier zu übersetzen. Wer Geld sammelte für die Sache, wusste ganz genau, dass der Ablass für den Spender niemals kommen würde. Der Februar endete monde- und monatelang nicht. Am Tisch wurde es nicht still, weil uns Engel oder Polizisten streiften, sondern weil der Krieg mit schlammigen Stiefeln mitten durch unsere Köpfe marschierte. Wir zählten an diesem Tag dreiundsiebzig Flugzeuge. Das war die neue Tagesordnung: Warten, wer gestorben war.

Wir übersiedelten daher alle in den Keller des Hauses, nachdem alle Fenster verklebt worden waren, mit

Feldbetten und Decken. Irina hatte die nackten Wände mit Vorhängen dekoriert, Spiegel dazwischen gehängt, dann könne man immerhin so tun, als ob es Fenster gäbe.

Just an jenem Abend ließen die klammen, knochigen Finger um Herz und Magen los, dumm kämpfende Tiere, als Irina meine Nekromantin gab: Ich erhob mich auf dem Weg zur Toilette, stolperte über meine dumme Zunge und Erkenntnis fuhr in der Schrecksekunde in meinen Körper: So war mir plötzlich klar, warum ich schließlich gar keinen Hunger mehr hatte, ich war eindeutig tot! Das Gesicht fiel mir von den Knochen, ich kehrte es mit dem Besen zu den Staubgeschöpfen unter dem Bett, es rührte sich nicht. Ich hoffte, dass es niemand merkte, ich würde einen tiefsitzenden Hut tragen müssen. Ich war erleichtert darüber und die abendliche Hitze zeigte doch nur, dass ich in die Hölle gekommen war. Man spähte am Giebel vorbei in den Himmel, ob da nicht etwa eine Naturkatastrophe im Anzug war. Nicht mal ein Gewitter. Die Anwesenheit Irinas überraschte mich nicht, sie war aber nicht tot, sie war nur gekommen mich zu führen, offensichtlich schlief sie gerade. [Die geneigte Leserschaft kennt die Antwort. Jedoch heben wir hier die Ähnlichkeit der Zustände hervor: Sich selbst zu täuschen und tot zu sein lässt sich nur von außen wahrnehmen. Anmerkung: Dr. Weintraub]

26 – Marionetten

Weintraub informierte uns, dass wir den Mund öffnen sollten, damit unsere Trommelfelle nicht platzten, wenn wir uns bei Einschlägen zu Boden würfen. Für mich gelte das vermutlich nicht mehr. Endlich erfuhr ich auch, warum man an alle Türen geklopft hatte, um Menschen unterzubringen, nur nicht an unsere, Menschengruppen zogen in die Häuser rings herum mit all ihrer Habsel. Nur nicht zu uns. Auch das Bockspringen sparte ich mir. Irina war überzeugt, dass eine Art Mondmagie sie abgehalten hätte, unser Haus zu okkupieren, doch weder mit den Monden noch mit Irina hatte es etwas zu schaffen. [Zum Verhalten und der häuslichen Sicherheit im Kriegsfall sei der Leserschaft *Verhalten und häusliche Sicherheit im Kriegsfall* aus der Weintraub Druckwerkstatt für akademische Schriften empfohlen. Anmerkung: Dr. Weintraub]

Jevgenij hatte seine Apanage verwendet, um den Krieg mit Waffen und Munition zu versorgen. Er hatte mit allen Gruppenleitern Verträge, die Munition war knapp, und er sorgte dafür, dass sie knapp blieb, und alle machten einen Bogen um das Haus der fütternden Hand. Er las Zeitungen, die ihn und seine Reden an diesem Tag zum Inhalt hatten.

Er fürchtete keine Verhaftung, er freute sich darüber, denn schließlich stimme ja nichts, was in den Zeitungen stehe, das wisse jedes Kind. Aber wer wagte es noch, Verstand in den Zeitungsblättern zu finden? Mit Angst waren wir ohnehin grundversorgt, und die Zeitungen fügten neue Ängste hinzu.

Da war ein Artikel, in dem es um Mona ging, sie sei, gemäß der Emotschka, die sie war, von der Situation überwältigt gewesen, sie habe sich selbst entleibt, so die eine Zeitung, nachdem der Fuß ihrer Mutter zur Fäule ihres reifobstigen Birnenkörpers geführt habe, nachdem der Krieg hereingedonnert war und ebensolche Elementarschäden hinterlassen hatte, wie die Naturgewalten es taten. Ob es sich wirklich um einen Suizid handelte, zweifelte eine andere Zeitung an, Mona habe sich nach einem Schluck Wasser an den Hals gefasst und sei jämmerlich erstickt. Mag sein, verdorrt durch Entsetzensschreie welcher Natur auch immer. Ich aber wusste, was die Zeitungen nicht wussten: Irina hatte tatsächlich Mona aus dem Weg geräumt. Woher sonst hätte Mona das Steinwasser bekommen sollen?

Mitleid ist ebenso eine Erfindung wie Maschinen, dämmerte mir. Wir tranken nun im Haus nur mehr Bier, Schnaps und Tee. Monas Hals sei versteinert gewesen, hatten die Zeitungen verlautbart. Von versteinerten Zehen jener, die das Wasser der Springbrunnen in den ersten wärmenden Sonnenstrahlen probieren wollten, wurde nur auf der Straße gemunkelt. Ich konnte es selbst nicht glauben und besorgte einen wasserfesten Einband für mein Notizbuch. Wahrscheinlicher war doch, dass Irina etwas Teichwasser in den Brunnen gegossen hatte, um zu sehen, wohin das führte. Seit es den zweiten Mond gab, erlaubte sie sich immer wieder Momente der Grausamkeit und tat schließlich so, als sei es der Einfluss der Monde, dabei missbrauchte sie diese nur als Ausrede. [Abermals versucht das Subjekt den Einfluss der Monde auszublenden, da der Glaube hier die Wahrnehmung der Wirklichkeit kreuzen würde. Anmerkung: Dr. Weintraub]

Ich blickte durch das kleine Fenster in Richtung Hof. So viel des Grüns war verdorrt, dass ich durch das Fenster des Nachbarhauses hinein und auf der anderen Seite wieder hinausblicken konnte. Da sah ich eine Leiche, Beine, schwarze Hosen mit Schuhen daran, baumeln. Ich kniff die Augen zusammen. Es könnte auch nur Wäsche gewesen sein, daher signalisierte ich meine Beobachtung niemandem. Wie ein schlechtes Omen. Tote waren überhaupt schlechte Omen.

Auch machte sich Jevgenij, als ich zu ihm hinblickte, lustig über meinen Zungenschmerz, fragte, ob ich etwas zu sagen habe. Ein wenig geschwollen war mein Mundraum immer noch und es herrschte ein Mangel an Lauten. Er trat zu mir ans Fenster und schlug mir versöhnlich auf die Schulter. Er war nicht aufgewachsen, um kalt zu sein, er war es schon immer gewesen.

Irina hatte einmal erzählt, dass er einem Jungen, mit dem sie in Kindertagen gespielt hatten – sie hatten um eine Wiese hinter ihren Häusern gekämpft –, einen Vertrag angeboten hatte, der dem Jungen all das schöne Grün eingeräumt hätte, und sie nicht begriffen hatte, dass es eben nur Papier war, das man zerreißen konnte: Sie hätten Frieden mit dem Jungen geschlossen, das war Jevgenijs Plan, und ihn einfach später, zu einem günstigen Zeitpunkt, überfallen. Sie hatte aber nichts davon wissen wollen, wollte ehrlich siegen, nicht verschlagen sein. In Wahrheit hatte sie sich den Vorschlag gar nicht zu Ende angehört und stur weiter offen Krieg geführt, auf den großen schwarzen Kissen, die als Streitrösser dienten und die sie doch genau genommen in den Garten gar nicht mitnehmen durften.

Jevgenij schlug sich also auf die Seite des Jungen, Irina wurde besiegt, der Junge abgesägt und Jevgenij der Herrscher der Wiese hinter dem Haus. Was war so ein Vertrag schon wert? Jevgenij hatte nur kommentiert, dass ein abgeschlossener Kopf wie ein See ohne Zufluss zu stinken anfängt. Fast hatte es etwas Rührendes, wie er entschieden haben musste, dass er eben so war, angerührt von Kälte, vor der man sich nicht verstecken kann in Bäumen oder auf Kinderspielplätzen sonntags mit Frappé. Mitternacht konnte überall sein, vor dem Verderben zahlte es sich nicht aus, wegzulaufen.

Irina hielt nur etwas von Gazetten, die ihre Kunst feierten, doch in ihrer Sparte hatte sie Konkurrenz bekommen. Ein anderer Künstler wurde überschwänglich dafür gelobt, nicht nur an ihre Fähigkeiten heranzukommen, sondern sie sogar zu übertreffen, sein reifer Löwenzahn im Stadium der Pusteblume stand dafür Beweis.

Über solche erwachten Hoffnungen dachte Irina nur in schäbiger Weise und ließ in einem Interview verlautbaren, dass es derlei schon in der Antike gegeben habe, und präsentierte die entsprechende Antiquität. Allen andern Fragen wich sie stets aus und bequemte sich nur zu diffusen Antworten, dies schien niemanden zu stören. Manchmal wandte sie sich an den Gesellschaftsabenden mir zu, nur um nichts gefragt zu werden.

Gideon, der selbsternannte Archäologe, schien ihr dabei besonders auf die Nerven zu gehen mit seinen Erzählungen, dass alle Inschriften stets nur Banalitäten enthielten wie »Diese Seite nach oben« oder »Abzuholen«. Die sichtbare Hinterlassenschaft des vergangenen Menschen, sagte er bescheidwisserisch.

Die Erkenntnis der Dinge könne sich nicht vollziehen ohne die Hilfe anderer Wissenschaftszweige, die Konstruktionen seien eine Frage der Technik, die Inschriften eine der Sprachkundigen, Politik eine von Geschichte und Philosophie, die Entstehung von Mumien eine medizinische, kurzerhand erklärte er sich zum Spezialisten auf all diesen Gebieten.

Auch wenn keine Gäste da waren, legte Irina ein befremdliches Verhalten an den Tag: So wie ich für Jevgenij nur ein Instrument war, wurde ich von beiden nur für ihre

Vergnügungen geduldet: Ich nahm sie plötzlich hinter mir wahr, wie sie mich zu kitzeln begann, so heftig und zerstörerisch, dass metallisches Krächzen aus meinem Hals kam. Gewaltsames Kitzeln widerte mich an.

Wie musste ein grausamer Charon die Toten kitzeln, die er über den Styx führt? Ich bekam kaum Luft, als hackte mir Irina in mein intimstes Innenleben. Ich ging in die Knie und wurde das Gefühl nicht los, dass noch jemand hier war, uns beobachtend, da hielt Irina wie versteinert inne. Oskar der Zweite war eben nicht Oskar, wie wir uns glauben machen wollten. Warum trugen Katzen auch keine Ausweise herum wie zu Zeiten der Piraterie?

27 – Bluthunde

Ich hätte Oskar den Zweiten und den Schatten holen sollen, hatte aber vergessen, wie man die Terrassentür öffnete, und so fanden wir beide, als der Sturm bereits vorüber war, verängstigt hinter die Möbel gedrückt.

Jevgenij gab eine Blütenlese aus der Zeitung, über die Operation Konsul, die sich einiger, doch nicht aller Attacken des Scharfschützen schuldig bekannte, diese sei gegen die Arbeiterschaft gerichtet. Viele Blitzgesetze wurden erlassen, die Zeitungen, auch nur ein Feigenblatt der Demokratie, da gab ich ihm recht, da sie nichts über die verschlungenen Millionen sagten. Die Mondhörner raubten Gräber, die Leichen überließen sie dann der Anatomie oder fraßen sie, je nach Zeitung. [Die Anatomie verfügt über einen Überschuss. Bitte vermachen Sie Ihren Körper nicht der Anatomie. Wir können nur frische Leichen verwenden. Anmerkung: Dr. Weintraub]

Irina geriet mit Jevgenij, flüsternd wegen des Schattens, in Streit darüber, dass es einen großen Unterschied mache, ob in der Zeitung »der Gotha« oder »die Gotha hatte eingeschlagen« stand, denn der Einschlag eines Anekdotenkalenders war ein durchaus anderer als jener eines Kampfbombers. Ich erinnerte mich dunkel daran, dass Sprache dereinst Freude bereitet hatte.

Jevgenij las weiter: Ein Selbstmörder habe aus wirtschaftlicher Verzweiflung die zu betreuenden Familienmitglieder mitgenommen. Der Mutter hatte er genau zwischen die Augen geschossen, sie schlief einfach weiter. Der Bruder wachte dadurch auf und drehte sich, daher trat die für ihn bestimmte Kugel durch die Wange in seinen Kopf.

Jevgenij griff zur anderen Zeitung, in der behauptet wurde, wir bedrängten ein anderes Volk, das nun vor uns gerettet werden müsse. Viele Soldaten würden gar nicht schießen, weil auch auf sie nicht geschossen wurde, und wo sie sich befänden, wüssten sie zumeist auch nicht. Überall herrschte die kollektive Wahnvorstellung, zu Größerem bestimmt zu sein. Wenn man nur lange genug zuhörte, könnte man es fast glauben.

Da stolperte Gideon, unser selbsternannter Wasauchimmer, durch die Tür und gab japsend nervösen Unfug von sich, dass er doch nur verzweifelt gewesen sei und er sonst nichts gehabt habe, was Menschen hätten lesen wollen. Es kostete uns einige Mühe, aus seinem Fluchen heraus zu erkennen, dass er jener Schütze war, der auf all die Leute geschossen hatte, um eine politische Bedrohung heraufzubeschwören, heraufzubeschreiben, heraufzubeschießen.

Er hatte doch nur gewollt, dass »die Unseren«, so sagte er, endlich aktiv wurden, und weil sie es nicht glauben wollten, hatte er selbst die Bedrohung fabriziert, die doch, wie man mittlerweile erkannte, eindeutig bereits zugegen gewesen war, was aber nur er so früh gesehen hatte. Zuvor war Revolution nur ein Hobby seinerseits gewesen, während einige naiv geglaubt hatten, Anubis atmete auf uns herab.

Das alles sei ohnedies die Schuld seiner Leser, die nach mehr Gewalt in den Berichten gelechzt hatten. Sie hatten den Krieg doch offenbar gewollt, niemals dürften sie herausfinden, dass er nicht nur Fotos schoss, all die Bewunderung, die er für die Recherche des Themas bislang geerntet habe, wäre dahin.

Während er sprach, ging er zitternd auf und ab, bis er an der Wand neben dem Fenster niedersank, leise murmelnd, warum wir die Fenster nicht vernagelt und verklebt hätten, wie alle anderen vernünftigen Leute. Ich wusste nicht, was er meinte, sie waren doch mit Klebeband versehen?

Seit einer Stunde mindestens suchten sogenannte Freunde nach ihm, und einige hätten erkennen können, dass es ihm durchaus nicht glänzend ging, als er vor ihnen Reißaus nahm. Er musste sich hinter Gaslaternen verstecken, hatte den Pfad über den Klippen genommen, er sei in den Fluss gesprungen, um die Hunde abzuhalten, er hatte Arme und Beine, wie man es machte, starr wie ein Pfeil, wenn man nur den Aufprall in etwas Überlebbares verwandeln wollte, er sei eine Ewigkeit lang gefallen. Welch ein Dummkopf, dachte ich, auch wir hatten diesen Sprung dereinst überlebt, ohne uns starr wie Pfeile hineinzuschießen. Wir müssten ihn verbergen, bettelte er.

Es sei, stammelte er, nicht seine Schuld. Sie seien mit Bluthunden hinter ihm her. Sie. Niemand glaube ihm, er habe an alle Türen aller Freunde geklopft. Tatsächlich konnte man in der Ferne wildes Gebell vernehmen. Kerberos tobend in wütendem Zorne, die Luft mit Gebell aus dreifacher Kehle füllend.

Jevgenij zog Irina von der Tür weg, stellte sich vor sie hin. »Wenn es Bluthunde wären, alter Freund«, antwortete Jevgenij, denn Jevgenij kam immer, um Irina zu retten, »aber ich höre nur die Wachhunde der Nachbarschaft, geh nach Hause.« Er schloss die Tür.

Da begann Gideon, von Wasser zu rufen. Er wusste vielleicht, wie sie ihre Kunst machte, er wusste, wo die artesischen Gefälle waren, Flößgraben, Apfelstädt, der ganze Schlingel, alles Gift und keines von der Sorte, das einen ruhig weiterkämpfen ließ, das Männer auf Linie hielt. Unser Teichlein hatte vom kleinbürgerlichen Ich zum sozialistischen Wir umdenken gelernt. Die listigsten Auftragsmörder waren jene, die den Ruf morden konnten. Ansonsten: »Schön, euch gekannt zu haben, während wir sitzen und die Bomben fallen. Wer hätte gedacht, dass wir das Ende sehen?« Irina schloss die Tür wieder auf, wich zurück, und er erhob sich mit einem Lächeln, seine Jacke abklopfend. Sie beäugte ihn still.

Oskar der Zweite zottelte auf sie zu und flötete sein Miau. Ihr Gesicht leuchtete. Warum hatten Irina und Jevgenij ihm überhaupt zugehört? Warum war er hierhergekommen? Wegen dieser ihrer Stimme, nach der sich die verwundeten Poeten, wenn sie Angst in der Welt hatten, so sehnen mussten? Möge sie ihn hypnotisieren mit etwas, was süßer war als Sprache, auf dass er Erlösung fände. Natürlich hatten ihn eher Herzensangelegenheit, die ihm den Kopf verdarben, hergeführt, denn er wünschte, speziell von ihr gerettet zu werden und speziell Jevgenij vor den

Kopf zu stoßen. Der selbsternannte Scharfschütze. [Der Journalist G. wurde von einem gewissen Schmetterling der Justiz zugeführt, soweit die Akten vermerken. Anmerkung: Dr. Weintraub]

28 – Vanta

Auf dem Bild in der Zeitung erschien eine peinlich gespenstische Karikatur seines früheren Selbst: Gideon, der Selbsternannte, der gar nicht merkte, wie er eingestand, ohnehin nur das in die Lektüre aufgenommen zu haben, was er immer schon zu wissen glaubte, als er Dr. Weintraub nachäffte, wie dieser erklärte, dass der Mensch nur das sieht, was er glaubt, anstatt zu glauben, was er sieht. Das Wissen eines leidenschaftlichen Zeitungslesers, das ihn zum leidenschaftlichen Zeitungsschreiber machte, mit allem dazugehörigen Halb- und Falschwissen.

Die Haut hatte sich langsam von meinen Händen gelöst. Sie waren nur mehr knöcherne, klackernde Stöckchen. Ich glaubte auch, dass mein Rücken langsam schimmelte. Ich habe versucht, den Schimmel abzukratzen, da er juckte, aber ich schimmelte nur weiter. [Auch wenn das Subjekt überzeugt ist, keinen Gesundheitszustand mehr zu haben, war erwartbar, dass ein Umzug in den Keller diesem nicht dienlich war. Anmerkung: Dr. Weintraub] Weil nichts half, hatte ich sogar versucht, mit dem Schimmel zu reden, und der Schimmel versuchte mir weiszumachen, dass alles so sei, wie der Mond bestimmte, nur dass ich nach wie vor tot sei, das könne er, als Schimmel höchstselbst, bezeugen, sonst wäre er nicht hier. Ich war zufrieden, damit recht gehabt zu haben, und erklärte dem Schimmel, dass das nichts mit dem Mond zu tun habe, denn was solle er schon über den Mond wissen, er war ja nur ein Schimmel.

Der Krieg war eindeutig gekommen und: Das Leben ging einfach weiter, die meisten Leben, bis auf meines und jene der Gefallenen. Irina und ich kamen vom Zirkus nach Hause, einer von denen, wo alle Angestellten Clownskostüme tragen mussten und außer einem dahinsiechenden Affen im Käfig, vor dem viele ihre Kinder abstellten, keine Tiere zu sehen waren. Alle Ausgestorbenen waren für die Vorstellung nur aus Licht nachgebildet. Die Zuckerwatte schmeckte nach gar nichts, danach war mir dennoch schlecht.

Plötzlich, eines Nachts, erfor der ganze Zirkus in dem Frost, der ohne Vorwarnung hereinbrach. Vor dem Haus gegenüber konnte man das Salz auf den Pflastersteinen sehen, wo die alte Haushälterin stand, die Hand in den Eimer steckte, ein wenig unabsichtlich neben dem Eimer ausstreute und dann in weiten, schwungvollen Bogen große Halbkreise zog, eine Drehung hierhin, eine dahin, ein Schritt und eine weitere Drehung hierhin und dorthin. Am ungeschmolzenen Salz auf dem Grau konnte man ihren derwischgleichen Tanz noch sehen, wie er weiß in die Nacht leuchtete, wie schmale Mondsicheln. Algen gediehen in unserem Teichlein mit mysteriöser Kraft, die Luft war dem Gefrierpunkt nahe.

Da kehrte auch das Klopfen meiner Zunge wieder und ich suchte sie in der Dunkelheit des ganzen Hauses, die Tatsache verfluchend, dass alles wiederkehrte, dass es ein Leben nach dem Aussterben geben musste, egal, welch Schlaraffenland des Jenseits man sich zusammenfantasieren mochte. Nach einigen Wochen kam ein warmer

Föhnwind, und eine Wasserleiche wurde gefunden, der ihre Hose zu eng geworden war, die sie lebendig niemals zu füllen vermocht hätte. Auch Ophelia wäre irgendwann wieder hochgetrieben wie ein Gasballon, hätte der Dichter es nur abwarten mögen. Doch dieser Gasballon war blind und taub, die Sinne zugestopft. Der Gasballon, der über dem Grundwasserstauhorizont gefunden wurde, rief Weintraub und andere zu breiten Spekulationen auf: Doch ich erkannte ihn. Es war Gideon, der selbsternannte Gasballon. Ich hatte mich gewundert, warum Irina ihn ins Haus gelassen hatte, aber nicht nur das, auch ein Bad im Gartenteich gehörte dazu: eine hohle, steinerne Kugel. Wie lange mochte er im Wasser gelegen sein? Wie lange, bevor sie ihn ins Teichlein geworfen hatte?

Ob die plötzliche Kälte etwas damit zu tun gehabt hatte, so wie die plötzliche Wärme, kurz bevor der indische Spinnenjunge vor uns gestanden war? Vermutlich ein Zufall. Vielleicht hatte Mona recht gehabt: Jemand in diesem Haus war gefährlich, doch es war eher Irina als Jevgenij. Gideon hatte nur auf einen Kater geschossen. Was würde sie mir antun, sagte ich jemandem, was ihr Teichlein jemandem antun kann? Immerhin war ich bereits gestorben, aber im Teichlein zu erstarren für die Ewigkeit schien mir doch unangenehm. Wer wollte schon eines dieser unvollständigen Trümmer sein wie die Körper Auguste Rodins? Aber sagen konnte ich naturgemäß ohnedies nichts. [Besorgniserregend ist hier, dass sich das Subjekt nicht aus einer vermeintlichen Gefahr retten will aufgrund der Überzeugung, tot zu sein. Selbst wenn die Gefahr nicht echt und möglicherweise nur dem Geist entsprungen ist. Anmerkung: Dr. Weintraub]

Der Wind zu dieser Zeit konnte einen fliegen machen, Hagelkörner so groß wie Affenköpfe konnten einem ebenso ein Ende bereiten wie der Scharfschütze, der Diamantregen konnte einem das Gesicht zerschneiden.

Frühlingsstürme erhoben sich, fetzten die Winterherrlichkeit in Stücke und schließlich ließ das Wetter völlig von uns ab, eine Ruhe von Himmel und Ozean zerstörte alle Hoffnung auf ein Schiffswrack, draußen, wo die grauen Schlachtschiffe lagen, rührte sich nichts. Eine Stadt östlich des Mare Imbrium soll verschwunden sein, als die Monde beide gleichermaßen ihren Dienst nicht taten, der Himmel über mir einzubrechen schien und nur Dunkelheit zu sehen war, als sei das Revolvieren der Himmelskörper angehalten worden, als wurzelten sie in unendlicher Tiefe.

Als würde die Jägerin den Gejagten nicht mehr über den Nachthimmel treiben, war eine andere Art von Nacht heimgekehrt. Auch am Physiologischen Institut brannte nun nachts kein Licht mehr, wo es stets so ausgesehen hatte, als unterrichtete das zu Anschauungszwecken dort beheimatete Skelett, blickte man abends durch die Fenster. [Der Professor des Physiologischen Institutes, dem dieser Hörsaal angehört, Dr. Weintraub, verbittet sich derlei Unterstellungen. Anmerkung: Dr. Weintraub]

Dort hatte man die arme Frau Birne obduziert, die Irina am Tage der Bewerbung so schrecklich gequält hatte und deren versteinerter Fuß langsam ihren Körper vergiftet hatte. Man weiß ja nichts über den Menschen, solange man ihn nicht auseinandergenommen hat! Wenn man oben im Schloss im hohen Turm das Naturkundemuseum besucht mit all den Tieren, die bereits in der Zeit der großen Entdeckungsreisen dorthingeschafft und ausgestopft wurden, wo die Geister Humboldts und Brehms stets um die nächste Ecke zu sein scheinen, beschleicht einen das Gefühl, dass selbstverständlich niemand besser über das Innenleben der Tiere schreiben konnte als Brehm, hatte er sich die jeweiligen Innenleben im Präparationsprozess doch genau besehen. Dr. Weintraub erledigte die Formalität, völlig ohne Innensicht, für ihn waren Todesfälle nicht mehr als das. [Der Kommentator verbittet sich das. Anmerkung: Dr. Weintraub] Ich wunderte mich nun nicht mehr, dass Weintraub wollte, dass ich ein Fußbad nehme, mich in die Badewanne oder an die Vogeltränke, an die Wasserkunst, einen Steg, bloß an keinen Schreibtisch setzte. Selbstverständlich sitze ich am Schreibtisch, denn Weintraubs Rat vergewisserte mich nur, was ich gleich hätte wissen können: Er bereitete mich darauf vor, dass Irina mich versteinern kann. Er sah nicht ein, dass ich bereits tot war. Welche Veränderung würde eine Versteinerung für mich bedeuten? Ich konnte doch jetzt schon nicht mehr sprechen, später könnte ich mich rühren auch nicht mehr. Was hatte Irina auch wieder mit all dem Wasserwissen: Wassernot sei das Gegenteil von Wassersnot. Sie war besessen von ihren Wasserbüchern. Mit allem Wasserwissen gewaschen.

Weintraub hatte medizinisch-anatomische Kenntnisse ebenso wie mechanische, und hielt man ihn nicht auf, erklärte er ohne Unterlass körperliche Zusammenhänge oder Waffensysteme, wie aufgezogen. Muskuläre Impulse in Toten, das war sein heutiges Thema. Er schrieb Herzinsuffizienz in ein Formular. Denn Weintraub glaubte nicht, was er sah, sondern sah, was er glaubte. Ich wollte diese Nacht, ich wollte Traum, Sterne hin oder her. Mit Orangenduft parfümiert kam diese Nacht, mit fedrigem Wind und dem betörenden Hauch giftiger Blumen. Im stillen Land von Erebus und dem sonnlosen Reich von Dis hatte ich alle Zeit der Welt, meiner Seele auf den Grund zu gehen, und konnte mich vergewissern: Sie war nicht da.

29 – Hitze

Die Kanikulen traten ein, als das Sternbild des Sirius mit der Sonne im späten Juli aufstieg. Die Sonne veranstaltete, um abzudanken, allabendlich ein Gemetzel, das in seiner Wucht uns alle hier unten zu erschlagen drohte. Delirierende Rottöne, die in Fetzen hingen, erst wie das blutige Kleid einer Göttin nach der Schlacht, dann mit rosa Umrissen wie in einer Schlachterei und schließlich wie zitternde, graue Schlieren, bis der ganze Himmelsvorhang zerrissen am Boden lag.

Ein Mörder soll vorletzte Nacht hundertvierzig Mal auf sein Opfer eingestochen haben in einem Wahn, ausgelöst vom Sonnenuntergang. Es habe einen Teil ihres Darmes unter ein Sofa geschleudert, so heftig hatte er immer wieder zugestochen, bevor er ihr Gesicht in Brand gesteckt hatte, möge sie zur Göttin werden. Ein Flimmern und Flirren der verkochten gleißenden Farben, das es erschwerte, Menschen und Dinge klar und deutlich zu sehen, und das die Menschen hysterisch machte. Erst bei Einbruch der Nacht wurde das Atmen halbwegs erträglich. So machte ich mich auf, denn es war dieser besondere Abend, und beschleunigte meine Schritte, obgleich ich schon schwitzte [Wäre das Subjekt tot, könnte es nicht schwitzen. Tote können kondensieren, nicht schwitzen. Anmerkung: Dr. Weintraub], als ich bemerkte, dass meine Zunge mir hinterherhopste, schwarzglänzende Blutpfützen in der grellen Abendsonne hinterlassend. Die Leute liefen hierhin und dahin, Molotowcocktails in den Händen, Aureolen um die Häupter, überall Flugblätter im Abendwind. [Es ist anzunehmen, dass es sich um Ölpfützen auf Asphalt handelte, die vom Subjekt als Blut wahrgenommen worden sind. Ölpfützen sind hier plausibler. Anmerkung: Dr. Weintraub]

Endlich schloss sich die Nacht mit all ihren Ungeheuern unserem Treiben an: Das Gequake abertausender Krötenmäuler aus den tiefsten Löchern, wo noch ein Hauch Feuchtigkeit zurückgeblieben sein musste, erhob sich, und alles zitterte, pfiff, kreischte mit den Kröten, die Stadt vibrierte unter dem zornigen Toben der Tiere, denen der Hitzewahn so zusetzte wie uns.

Das passierte nun täglich und ich fragte mich, warum mir das Gesicht, nicht aber endlich auch die Ohren abgefallen waren. Die Hitze mag ein wenig gewichen sein, aber die Mückenschwärme ließen nicht lange auf sich warten, und wir kratzten uns alle unentwegt an den Waden.

Das sollte unsere große Nacht werden? Ein Mückentrommelfeuer wie ein eigener Krieg, und wie die Moskitos an uns, so nagten die Termiten an den Dachbalken der altehrwürdigen Gebäude um den Platz. Die Fledermäuse waren dankbar, lockten wir doch ihre Beute an, sie schossen durch die Insektenschwärme, die von unseren Lichtern angezogen worden waren. Die Grillen lärmten ohrenbetäubend, während die Schlangen, die das Rattenproblem der Stadt gelöst hatten, über die Pflastersteine glitten, als sei unsere Vorbereitung ihnen völlig gleichgültig.

Ich glaubte auch, die Bluthunde in weiter Ferne wieder zu hören. Ein menschlicher Zoo neben einem echten – in manchen armen Häusern soll es bereits Mangofliegenbefall gegeben haben. Die Waldohreulen begannen schrill zu schreien. Als schrien sie »Hierrr! Hierrrr!«. Andere riefen »Oiu! Piu!«, dass wir sofort Schüsse vermuteten. Erst als sie sich wie langes Kratzen an der Kreidetafel anhörten, wussten wir, dass niemand geschossen hatte. Auch die Anwesenden mussten waldkauzlaut rufen, um verstanden zu werden. Dann ging ein Mond auf und es wurde ein klein wenig stiller. Schließlich hielt Jevgenij seine Rede. Da hatte meine Zunge mich wiedergefunden, steuerte in großen Sprüngen auf mich zu. Ich zuckte.

Alle schienen verwundert, als hätte sie das Licht gestreift: Jevgenij sprach über den letzten König, der gerade hereinbrach mit diesem Krieg, um seine neue Herrschaft zu etablieren: der Tod. Ein schwächliches Murmeln eines Applauses folgte. Er erzählte sogar eine zusammenhängende Geschichte über einen Imperator, der stets hurtig Verletzungen zufügte, stets Informanten befragte, die tödlichsten Vorwürfe erteilte, sich über die erdachten Strafen freute und, zweifelsohne bereits unglücklich, ohne Maß und Grenze all dies tun zu können, seine eigene Frau auf dem Gewissen hatte. Das Morgengrauen hatte sie still eingesammelt, als sie bereits kalt geworden war.

Darauf kam Jubel auf, denn jeder glaubte zu wissen, von wem er sprach, und nun begannen die Phrasen. Manche meinten, der zweite Mond sei Pluto, der römische Gott des Todes, der im Zorn Krieg über uns gebracht hatte. [Hierin erkennen wir, dass es sich bei der verwendeten Sprache in den besagten Reden um eine Art weltanschaulichen Rohrschachtest handelt, der die Interpretation aus sämtlichen weltanschaulichen Richtungen zulässt und daher zum Erfolg führte. Anmerkung: Dr. Weintraub]

Ich hätte nie geglaubt, dass Jevgenij einst predigend mit dem Zug durch die Birkenwälder jagen würde, eine dampfende, stampfende Propagandamaschine, auch wenn seine Reden oft stockend anliefen, keine klare Struktur oder einen klaren Inhalt hatten, ja oft nicht einmal ein Thema, halb brüllend vorgetragen, dass die Vögel um die Wälder eines jeden Ortes, wo er sprach, in den Himmel stoben.

Die Gesichter der Zuhörer waren gesammelt und verklärt. Sie klatschten ehrfürchtig den Schlagwörtern, die Jevgenij schrie, und das lästige Denken und die lästige Verantwortung waren wie weggeblasen. Nicht, dass alle große Denker gewesen wären. [Hier scheint ein Stück der Erzählung über diese vermeintlich »große Nacht« zu fehlen. Anmerkung: Dr. Weintraub]

Ich fühlte mich wie der Mensch aus dem Neandertal, der einen Kometen aus dem Himmel stürzen sah, und wünschte, Worte für die Angst vor jenem Phänomen zu haben. Doch von unserem Innenleben sprachen wir nur, wenn es sich um Geschwüre des Magens, nicht aber um Gefühle handelte, und so schwieg ich darüber. Meine Zunge hüpfte Kreise um mich, zwang mich oft auszuweichen, um sie nicht zu zertreten. Ich war ohne Jevgenij nach Hause gekommen, wo großer Lärm war, und ich wusste gar nicht, wie ich heimgefunden hatte.

Ich verzichtete auf den Keller und kehrte in das Dachzimmer zurück. Die Monde glotzten in dieser Nacht so grell durch das Glas, dass sie lästig waren, und ich hörte nicht auf zu fallen, wusste nicht, was ich in der Hitze gesehen hatte, ob alles nur ein Traum war, denn im Traum kommt viel Verrücktes vor. Ich wollte mich im leeren Raum um mich selbst festklammern. Die Zunge klopfte nimmermehr, ich sah der Spinne in meinem Zimmer beim Weben zu und überlegte, wie ich wohl schliefe, gehörte die Welt einst nur den Moskitos, Kakerlaken und Ameisen, ganz gleich, wer zu herrschen glaubte. Eine Spinne kroch zurück in das Buch, aus dem sie gekommen war. Eine grässliche stille Nacht nur für das Stillsein. Die Menschen flossen in die Nächte hinaus, als sei nichts geschehen, während ich mich verbarrikadierte und kein Laut zu mir drang. Nicht einmal Oskar der Zweite kratzte an der Tür um Einlass.

Ich fürchtete aufzuwachen und zu bemerken, heimlich aufgegessen worden zu sein, oder so etwas ähnliches. Dem Schimmel traute ich es zu. Es hätte mich kaum überrascht, doch meine Dämonen nagten nicht an meinen Zehen oder Ohren, sondern fraßen mich von innen, wie die Fäulnisbakterien in schwitzenden Leichen. Ich korrigierte mich: in kondensierenden Leichen. Einer von Weintraubs unnötigen Vorträgen. Die Bakterien fragen nicht um Erlaubnis, sondern wandern durch Venen und Blut.

30 – Stille

Nach Tagen lockte mich Irina aus dem Zimmer – es sei meine Pflicht, der Beisetzung von Jevgenijs Überresten beizuwohnen, ich müsse nur zusehen, nichts sonst. [Das Subjekt weigerte sich offenbar, das Erlebnis des Todes eines Freundes im Journal aufzuzeichnen. Anmerkung: Dr. Weintraub]

Jeder Schritt ein Schritt in Richtung meiner Beerdigung, denn man ging eigentlich doch immer schnurstracks auf die eigene Beerdigung zu. Ich grübelte, über Kryonik und Samsara, den Kreis der Wiedergeburt. Ich wusste nicht, woran Jevgenij geglaubt hatte. Uns ereilte die Nachricht, er würde bei den Heiligen Schwestern aufgebahrt, und Irina kündigte an, dass ihre Mutter entschieden habe zu kommen. Wie viele Mütter hatte sie eigentlich? Jevgenij hatte wohl keine einzige gehabt. Vielleicht war dies nun auch Jevgenijs Mutter. Hat sie nicht einst russische Dumplings gekocht? [Niemand hat mehr als eine Mutter, pro Person hat Dr. Weintraub bereits eine Mutter für tot erklärt. Die Existenz einer dritten Mutter ist höchst fragwürdig. Anmerkung: Dr. Weintraub]

Ich wunderte mich, dass es in diesen Zeiten noch heilige Schwestern gab. Mein Blut machte alles mit sich selbst ab, als wir Grabkerzen besorgten und zum Blumenhändler gingen. Als hätte mein Herz angehalten und dem Gehirn die Pumparbeit überlassen.

Als wir in das Kloster eintraten, erhoben sich die Nonnen von ihren Kniebänken, grüßten uns förmlich und zogen sich zurück. Überall waren Minze und Lavendel, wie bei der Mungo Lady, vermutlich, damit Jevgenij in der Hitze nicht zu stark stank. Der Schrein einer offenen Gruft ließ mich erschaudern – Himmelskörper waren ihm eingemeißelt. Es roch von unten herauf nach Schimmel, darin Zinn- und Kupfersärge. Wer hatte hier für Jevgenij Platz gemacht? War auch die Familie der Revolution zugetan? In der Sommerluft schwebte der Geruch nach Tod. Der Schimmelgeruch könnte auch von mir kommen. Ich versuchte an mir zu riechen, ohne aufzufallen.

Dann erst merkte ich, wie mich alle anstarrten, alle um jene Gruft, wo ich stand und in das Loch hinunterblickte.

So bedauernd. Als sagten sie mir: Der nächste Mensch in deinem Leben wurde ermordet. Der engste Freund. Wie sie ihr Mitleid, echt oder gespielt, über mich ergießen wollten. Dabei hatte Jevgenij mich stets auf Abstand gehalten.

Mein Blut pumpte in den Ohren und ich verfluchte die Stille, sehnte mich nach den schrillen nächtlichen Schreien der Totenkopffalter. Inmitten von Blumen und Kerzen der Sarg, und ich hielt mich daran fest, denn manchmal benötigt man etwas zum Festhalten, selbst wenn es ein Sarg ist. Vor Jevgenij konnte ich noch ich sein, vor Toten konnte ich ich sein, die Toten haben das Urteilen aufgegeben. Die einzige Art Mensch, der man vertrauen konnte, und so hauchte ich mein zungenloses »Es tut mir leid« dorthin, wo ich seinen Kopf vermutete. Ich hatte ihn zurückgelassen. [Die Ursache der Lücke: Unser Subjekt ging einfach nach Hause, als der Revolutionsführer unter den Barrikaden begraben wurde. Anmerkung: Dr. Weintraub]

Die Feier dauerte Gezeiten, die Gebäude hatten etwas von Zuchthaus und Parkanlage, die Blumen standen streng Spalier. Irinas Mutter begegnete dem Verlust des Kindes weder mit gespielter Gleichgültigkeit noch mit albernen Lamentationen, sondern suchte Trost im Kampf: Ohne Unterlass kritisierte sie die Aufbahrung der Nonnen, und jene, die man ihr zur Seite gestellt hatte, hörte sich all dies duldsam an. Er lag also offenbar »u kogo« bei jemandem, bei Irinas Familie, wie man so schön sagte.

Abends grub ich mich in mein Bett, zog, als ich in mein Notizbuch schrieb, die Knie hoch, sodass es nur wenige Zentimeter unter meinen Wangenknochen war, wie in einer Schutzhaltung, und doch wagte ich es nicht, ihm ein Wort über die Geschehnisse anzuvertrauen.

Ich weiß, dass ich eingeschlafen sein musste, und begann zu träumen, ich sei von den Mitternachtsglocken erwacht, doch sie läuteten nicht. Auch keine dampfenden Pfiffe vom Hafen oder von raschelnden Zweigen. Ich merkte, dass ich in einer Kiste lag, und ich wurde über holpriges Pflaster gefahren. Ich wusste nicht, ob man mich wegen der Revolution in ein anderes Land schleusen wollte, und so versuchte ich mich zu erheben, um nachzufragen, doch ich konnte meine Hände nicht bewegen, nicht an das Holz klopfen, und in mir stieg der Verdacht auf, dass ich begraben werden sollte, die Hände keusch gefaltet. Als hätte Weihwasser mich gelähmt.

Dann sah ich Jevgenij an meinem Fenster stehen, als hätten wir die Plätze getauscht. Ich wünschte, ich hätte mich wachsprechen können wie früher, doch ich war für härtere Dinge als den einfachen Triumph bestimmt. Bevor ich das Epitaph auf dem Grabstein lesen konnte, wachte ich endlich auf.

Jevgenij, der doch in Wahrheit selbst schuld daran war. Warum musste er auch auf die Barrikaden klettern? Das war seine Entscheidung, die die Hand des Schicksals führte. Er hätte eben nicht solche Ansprüche an das Leben haben dürfen, dann wäre es noch heil. Es war mir nun gleichgültig, ob er mir verziehen hätte. [J. war laut dem Subjekt auf die Barrikaden geklettert. Diese brannten in der Folge. Anmerkung: Dr. Weintraub]

Was war schon großmütig am Verzeihen? Ich verzieh ständig viel zu viel und stand immer ganz hinten in der Reihe. Um dranzukommen, müsste man glücklichere Menschen ins Jenseits befördern, dann wären wir Gutmütigen die Einzigen, die zurückblieben.

In den Todesanzeigen fand sich Jevgenijs Todesursache: Herzinsuffizienz. Der Familie war es ein Leichtes gewesen, einen Arzt zu finden, der bestätigte, dass der zerfetzte Körper nicht an jener Zerfetzung, sondern am Schreck durch den Knall davor kapituliert hatte: Weintraub. [Diese Passage entbehrt jeder Erklärung. Anmerkung: Dr. Weintraub]

In einer eigenen kleinen Dunkelheit lag ich in diesen Nächten, vollständig bekleidet, die Decke anstarrend, Feder, Messer und Notizbuch neben mir, wartend, bis das Vantaschwarz mit seiner Raumfission kam und sich wie die Federn des Paradiesvogels auf meine Augen legte. Eine Evolution der Dunkelheit, wie Evolution es eben immer war, mäandernd, über Jahrtausende hinweg. [Wir erinnern Träume, aber wie sollen wir wissen, dass die Erinnerung mit dem Traum übereinstimmt und nicht im Nachhinein herbeigezimmert ist – wie sollte sich denn die jahrtausendmäandernde Evolution im Traum äußern? Anmerkung: Dr. Weintraub]

31 – Katakomben

Die beunruhigende Starrgebärde jenes Zwillings von Oskar im Dunkeln, bevor er auf uns zusprang, als albernes kätzisches Spiel entlarvend, hatten wir uns beruhigt und waren im Salon auf die Möbel gesunken, als man uns eine Vorladung zustellte.

Im Halbschlaf hatte ich geglaubt, es sei die Haushaltshilfe, von der Irina immer wieder erzählte, die sie als Kinder gehabt hatten, und sie sagte etwas von einem weißen Kaninchen, das durchs Haus liefe, und als Irina den Brief vorlas, verstand ich nur inkohärente Fetzen, während ich träumte, dass ein kleiner chinesischer Junge mein Notizbuch mit Zeichnungen vollschmiert und, nicht verstehend, dass ich böse auf ihn bin, glaubt, er habe mir einen Gefallen getan.

Der Traum hatte eine gespenstische Pracht, und ich schüttelte den Kopf, um mich zu wecken. Ich versuchte Irina zu signalisieren, mir den Brief zu zeigen, und sie küsste mich auf die Stirn, Friedensküsse, dachte ich jedes Mal. Was für ein Paar wir doch waren, niemals etwas offenlegend.

Es musste Wochen her gewesen sein, als sie mich zuletzt berührt hatte, bevor sie geglaubt hatte, mich kitzelnd fast ersticken zu müssen.

Da packte sie mich am Arm, draußen. Man könnte mich hinterblieben nennen, das war ich, aber es machte keinen Unterschied, als sei ich tot. Als habe Irina Anrecht darauf, mit meiner persönlichen Nähe zu verfahren, wie sie wolle. Erst als ich das Papier vor mir hatte, verstand ich, dass es eine Vorladung war. »Schmetterling«, sagte sie und ich blickte auf die Unterschrift. Kommissar Schmetterling hatte beruflich einige Fragen.

Ich suchte mir eine Fliese auf dem Boden für meinen Blick. Irina atmete schwer hinter mir, zwei Finger kletterten meine Schulter hoch, und ich atmete alle anderen Erinnerungen aus. Als ich mich umdrehte, sah ich das faltige Gesicht einer alten Frau, fast wie eine Wachsfigur, und ich krächzte noch erschrocken, als Irina bereits zu kichern begann und die Maske vom Gesicht nahm.

Sie schien sich nicht weiter für die Vorladung zu interessieren. Aber vielleicht hatte man bemerkt, dass das künstlerische Bestreben Irinas mit seinen Giften ins Grundwasser gesickert war, vielleicht hatte eine artesische Spur zu unserem Teichlein geführt. Im Grunde war es Jevgenijs Schuld, er hatte das verfluchte indische Zauberkind in unserem Garten vergraben.

Vielleicht hatte auch jemand herausgefunden, womit Jevgenij sein Geld verdiente, wenn ich es schon nicht durchschaute. Wir waren ohnehin alle nur mehr Rohmaterial für Propaganda.

Unseren eigenen vermeintlichen selbsternannten Scharfschützen Gideon mochten wir aufgeblasen und versteinert haben. Zuletzt hatten ein oder mehrere Scharfschützen so viele getötet, die einander politisch verfeindet gegenüberstanden, dass man nicht mehr wissen konnte, auf wessen Seite der Scharfschütze war. Die Menschen waren nicht mehr glücklich beseelt von Todesangst, obwohl sie nun umso sicherer hätten sein können, dass es jeden treffen konnte.

Also stiegen wir hinter den Schaukeln des Kinderspielplatzes ein paar Blöcke weiter in das Tunnelsystem ein, das uns auch zu Schmetterling führen würde. Früher wurden hier die Angeklagten in Richtung der Gerichtsbarkeit geführt, das unterirdische Netz war mittlerweile stark frequentiert.

Da ging Jevgenij plötzlich neben mir. Ich hatte erst geglaubt, einen Geist zu sehen, aber er orgelte fröhlich, dass er mit Schmetterling sprechen werde. Er habe nichts Illegales getan und musste trotzdem verschwinden. Der ganze Tod eine aufgesetzte Scharade, und erst sah er mich mit Bedauern an, als sei ich noch dümmer, als ich aussah, mit meinem eingefallenen, zungenlosen Gesicht. Irina war keine Sekunde überrascht, sie hatte wohl wirklich nur für die Kameras geweint. [Dies ist als unwahrscheinlich einzuordnen, nach der Untersuchung der Überreste J.s Anmerkung: Dr. Weintraub]

Er versuchte meinen Blick zu deuten und sich daraufhin zu erklären: Erst habe er nur Spiegel verkauft, die man als friedliche Waffe ins Gesicht der Soldaten halten konnte – mögen sie sich ihrer Menschlichkeit besinnen. Im Zweifelsfall konnte man sie ihnen auch zerbrochen in den Hals rammen. Jevgenij war das egal. Herzversagen! Natürlich! Weintraub hatte ihm geholfen, seinen Tod vorzutäuschen. [Dr. Weintraub hat nichts dergleichen getan. Anmerkung: Dr. Weintraub]

Dann hatte er das Geschäft erweitert: Er hatte Näherinnen engagiert, um aus grünen Stoffbahnen aufblasbare Panzer herzustellen. Alles streng geheim, versteht sich. Panzer wie Schlauchboote. Ein Kompressor blies die Luft in die Kunstseide. Eine Metallstange gab der Kanone die nötige Stabilität, dies habe er damit finanziert, dass er einige von Irinas Statuen als Antiquitäten ausgegeben hatte – Irina verzog keine Miene, als er meinte, sie sei zwar Irina, aber eben kein Raffael. Jevgenij grüßte jemanden, der den Hut zog. Ich hatte gewusst, dass er Irina niemals im Stich lassen würde. Flanieren war dank des einen angeblichen Schießwütigen nur mehr hier unten möglich. Eine Frau mit Kinderwagen kreuzte unseren Weg.

Dass ich nichts gesagt hatte, muss jedem Leser klar sein. Was Irina und Jevgenij über Schmetterlings Schreibtisch von sich gaben, entschlüsselte sich mir auch nicht. Auch wenn mich der Wächter neben der Tür erschreckte, der sich als übermannshoher Stapel an Akten herausstellte. Ich schob ihm ein Papier hin, dass ich nichts wüsste über Waffen oder Wasser oder Wasserwaffen oder Monde, und er rollte mit den Augen und war schnell mit mir fertig. Schmetterling legte das Papier auf den Stapel.

Als wir nach Hause gingen, war es der Institutsdirektor, glühender Verfechter meiner Annahme, dass einer der Monde nur Illusion sei, der erschossen mitten in der Deribasstraße von Rieseneintagsfliegen mit einem halben Meter Flügelspannweite belagert wurde. Diese Viecher sammelten sich seit wenigen Wochen in unseren Breiten. Ein weiterer Grund, nur unterirdisch zu spazieren.

Von dem dunklen Geheimnis des Teichleins schien Schmetterling nichts zu wissen. Wie tief war überhaupt unser Teichlein? Die gläsernen Seerosen in den Fenstern blickten verächtlich auf die gläsernen Seerosen im Teich. Einen grünen Teich gab es auch in der Höhle, unterirdisch, dort, wo das Marienglas herkam. Glitzernde Schatten an den Höhlenwänden, der frühere unterirdische Wasserspeicher eine einzige Kristallkugel. Selenit, der transparentige Gips, das Wort von der griechischen Mondgöttin Selene geborgt. Es leuchtet wie das Mondlicht. Unser Haus gab es zweimal, einmal in den Himmel ragend, einmal in den Himmel im Teichlein. Man müsste es vermessen. »Keine Tiefseeforschung ohne Klavier!«, rief Irina. »Woher wissen wir dann, dass der Ozean überall einen Boden hat? Vermessungen mit Klaviersaiten mussten lange Zeit ausreichen. Man bringe dem Ozeanologen noch ein Klavier! Wie viele Klaviere für die Tiefseeforschung dahingeschlachtet wurden!« Sie war euphorisch, und wir tanzten.

Was war zuerst da? Der zweite Mond oder die Abscheu vor uns, die wir keine Trugbilder glauben wollen? Eine Frage weit schwieriger als jene nach dem armen Huhn und dem Ei, denn das Huhn musste verlieren, schlüpften doch

Saurier aus Eiern, lange vor dem Huhn. Was war zuerst, der Saurier oder das Ei? Der Vogel Ziz? Die Anhänger der Hörner des Mondes waren vom Erdboden verschwunden, vielleicht hatten sie sich alle selbst gerichtet. Es war unvernünftig, beide Monde ernst zu nehmen. Ach, Vernunft, heute angebetet, morgen guillotiniert.

32 – Sirenen

Erst hatte ich mich kaum nach draußen gewagt, lag doch ein Tiger vor dem geschmiedeten Zaun, und ich glaubte, dass die fernen Detonationen vielleicht den Zoo beschädigt hätten, doch er stellte sich nur als der blonde verlassene Hund geflüchteter Nachbarn heraus, dem der Zaun ein Streifenmuster aufgezwungen hatte.

Ich hielt eine Tasse Kaffee in der Hand, wollte mich auf den steinernen Bänken des Friedhofs niederlassen, da heulten und jammerten die Sirenen los wie die Geister des letzten Jahrhunderts, und es war gewiss nicht Samstagmittag. Nicht nur Friedhöfe sind Gottesacker. Wir alle hatten nun eine neue, fremde Art, wie wir in den Himmel blickten.

Ich suchte Zuflucht in jener Gruft mit den Himmelskörpern, in die man Jevgenijs Doppelgänger gebracht hatte. Der Geruch nach Schimmel war immer noch da. Die Sirenen heulten fortan am öftesten nachts und ließen mich nicht schlafen, was aber aufgrund meines wahren Gesundheitszustandes gleichgültig war, wären nur nicht die Nachtfantasien, in denen es knallte und die Fenster barsten, die Dachstühle brachen und ich nicht wusste, wohin zuallererst greifen, Oskar den Zweiten von den Scherben trennen, Scherben fegen, Fenster zudecken, denn es war kalt. Doch nichts geschah.

Das Kompensieren der Angst dadurch, den Abwasch zu erledigen, oder die Angst mit Ohrstöpsel einfach auszublenden, anstatt ständig panisch zu zittern und um vier Uhr morgens bei Eiseskälte Jacke und Schuhe anzuziehen, um im unsicheren Licht des Mondes zu einem Bombenkeller zu rennen – irgendwann gibt man die Angst auf. Manche hatten Wochen im Keller zugebracht, auf der Straße gekocht, umrühren und zurückrennen. [Hier können wir das Nachlassen des in »25 – Ein Kind einer Zeit« beschriebenen Vorganges erkennen, jedoch führt dies das Subjekt nicht aus der Selbsttäuschung heraus. Anmerkung: Dr. Weintraub]

Die Sirenen ertönten nun zigfach dieser Tage, und wir begannen fast normal den Geschäften nachzugehen, ohne zitternde Knie oder schwitzende Handflächen. Als es nach Mai roch, putzten alle ihre Fenster, auch wenn die Sirenen nicht pausierten, denn niemand hatte den Frühling abgesagt. Wir dachten vermutlich alle wehmütig daran zurück, als die Straßen nachts uns gehörten, kurz, wir hatten zwei Augenblicke zwischen Seuche und Krieg noch genießen können, überrascht, was da kam.

Die Städte hatten nur noch eine Regel: nicht zu sterben. Und nichts war verheerender als ein Regelbruch. Nur für mich war all das gleichgültig. Dennoch konnte ich eine Lehre daraus ziehen: Zeitdenken. Unter gleichen Bedingungen und Umständen mit großer Wahrscheinlichkeit korrekte Vorhersagen zu treffen. Wie beim Wetter, wo die historische Methode exzellent nach vorwärts arbeitet, galt dies auch für Marschflugkörper und die Sirenen, die uns täglich erinnerten, nur blitzende Knochen und nicht mehr als das zu sein: Die Sirenen hatten gestern geheult, sie würden auch morgen heulen. Irgendwo verdiente Jevgenij wohl daran, dass die Welt zerstört wurde. Ich kehrte täglich von meinen Ausflügen zum Friedhof zurück, und immer war dann Irinas leuchtendes Gesicht im Fenster, bis ich eines Abends ihrer Stimme folgte. Ich wusste nicht, was sie gesagt hatte, war aber sicher, dass sie mich gerufen hatte. Da hatte man, als ein Grab aufgelassen wurde, zuletzt vier Köpfe in einem Sarg gefunden, denn Särge waren knapp, eine Mutter mit drei Kindern, in Teilen durch die Bomben vom letzten Krieg. Irina sagte nichts, lächelte, hielt mir einen Teller mit Vkusnyashki hin.

33 – Siegesfassaden

Vielleicht war es, und wie bei allen Dingen, die vielleicht waren, muss man der Vollständigkeit halber ergänzen, vielleicht war es auch nicht. Nun denn.

Vielleicht oder vielleicht auch nicht würde der Gegner einen Sieg erreichen, den er nicht so schnell vergessen würde. Der Tyrann, der seine Truppen als humanitäre Hilfe bezeichnete, behauptete, es gäbe chemischen Waffen in unserer Stadt. In Weintraubs Labor zum Beispiel. [Das entspricht nicht den Fakten. Anmerkung: Dr. Weintraub] Der Diktator, der sagte, dass gar kein Krieg zu uns gekommen sei, nur Befreier, um uns von dem Bösen zu erlösen. »Das haben wir nie behauptet.« Angenehm riechend? Ätherhaltig, flüchtig und betäubend all die Worte: ein Geistesgift.

Doch vielleicht oder vielleicht auch nicht wollte Jevgenij diesem neuen Zaren zeigen, dass seine Flaggen ebenso wenig wert waren wie vertragliches Papier. Man konnte sie einfach zerreißen, denn sie waren eine Täuschung, wie die große Treppe zum Hafen oder der gespiegelte Merkurtempel. Vielleicht oder vielleicht auch nicht hatte Jevgenij gegnerische Fahnen bestellt, Lektionen gegeben, wie man sich zu verhalten hätte, führe der Diktator an einem in der Menge vorbei: lachen, winken, Wimpel schwenken.

Vielleicht oder vielleicht auch nicht begannen die Zeitungen plötzlich, wie auf sein Anraten hin, mit nervöser Beharrlichkeit, verlorene Schlachten herbeizuschreiben und ungeahnte Erklärungen dafür zu finden, von denen der König niemals gehört haben mag. Aber einem propagandistischen Sieg musste man nicht ins Maul schauen, denn man hätte ihn gefeiert, ganz gleich, wie die Schlacht ausgegangen war, die Bestätigung der Gegenpropaganda zu erhalten, war ein weiterer Grund zum Feiern.

Vielleicht oder vielleicht auch nicht war es bereits nach Mitternacht, und Fackeln schnitten einen Weg durch die Straßen. Fallende Fackeln aus dem Nachthimmel, viele verglommen bereits auf dem Weg, erschöpft von der Größe des Weltalls. Man schrieb die Chroniken eines gescheiterten dritten Weltkrieges in einer separaten Spaßstadt, die Graffitikünstler versuchten sich an originären Zumutungen der bejubelten Flagge – all die brotlosen Künstler, deren Kunst morgen uns alle ernähren wird, wenn wir wieder unsere Ruhe haben.

Vielleicht oder vielleicht auch nicht fuhr der Diktator in der Limousine vorbei, die Menschen tanzten vielleicht oder vielleicht auch nicht. Vielleicht oder vielleicht auch nicht jubelte die Menge, und er würde nicht erfahren, dass man, sobald er der Stadt den Rücken kehrte, seinen Sieg wieder wegräumte, in die Mülltonnen warf und die feindlichen Soldaten hinterrücks überfiel.

Vielleicht oder vielleicht auch nicht war es ein potemkinscher Sieg für eine potemkinsche Armee, in der es pro vier

Ural-Laster nur drei Schlüssel gab. Niemals würden sie zusammen ausfahren können. Täuschungen konnten mächtig sein, gerade wenn sie mit Gefühl verbunden waren. Nicht nur, weil Weintraub das sagte. Echte Panzer kamen nicht mehr vor, nur aufgeblasene aus heißer Luft.

Vielleicht oder vielleicht auch nicht war der Diktator selbst in seinen Bunker zurückgekehrt, und man hatte diesen von außen versiegelt, so war er sowohl tot als auch lebendig, ein Diktator im Sinne Dr. Schrödingers.

Vielleicht oder vielleicht auch nicht war der Krieg zu Ende, wir träumten einander zu, die Hunde suchten die Minen. Ob die Revolution Ursache oder Folge der Niederlage war, darüber wurden die Historikerkommissionen sich niemals einig. Ob das Auseinanderreißen des Kontinentes, das bald folgen würde, auf dies zurückzuführen war, muss jedoch angezweifelt werden. Der Kampf hatte ohnehin kein Ergebnis gebracht, nur einen Platz unter der Erde, zumindest mir, auch wenn Weintraub darauf bestand, dass ich eben alt würde und sich das bis zur Verwesung fortsetzen würde.

Gewiss drängte sich der Mond an uns, und Irina jammerte über ihre Überlebensschuld ein ganzes Meer an Erinnerungen hoch, als wolle sie sie konservieren, so wie die Trauernden, die ihre Berühmtheiten, zu Ruhm geratene Gangster und Heilige zu dem kleinen Teichlein in Afrika schifften, als es die Runde machte, man könne dadurch seine Toten als Statuen behalten. [Nichts deutet darauf hin, dass in diesem Abschnitt irgendetwas gewiss sein könnte. Anmerkung: Dr. Weintraub]

34 – Spott

Den ganzen Tag lag das Haus still. Ich schlich umher, doch außer Oskar dem Zweiten gelegentlich auf der Treppe traf ich niemanden an. Als ich spätnachts an meinem Schreibtisch saß, um meine Gedanken zu ordnen, bevor ich mich ins Bett begeben konnte, und nach meinem neusten Notizbuch griff, nahm ich im Dunkeln Jevgenijs spöttische Stimme wahr: »Wie werden wir wohl die Ereignisse des heutigen Tages einordnen?«

Er saß auf dem Stuhl neben meinem Bett wie ein düsterer Nachtkönig und machte eine verächtliche Handbewegung mit einem meiner älteren Tagebücher, das er mit seinem Daumen an einer Stelle offen hielt. »Jevgenij hat sich genommen, was mir zusteht?«, spöttelte er weiter. »Glaub nicht, ich sehe dein Gesicht nicht, wenn ihr Parfum dich streift.« Er erhob sich und kam auf mich zu, ich hatte fast vergessen, wie groß er war, und seine Locken streiften die Dachschräge.

Oskar kickte mein Gesicht unter dem Bett hervor, ich schob es langsam wieder zurück. Jevgenij griff die Flasche Branntwein, die vor mir auf dem Tisch stand, und das Glas daneben. Ich hatte die Flasche vor Wochen mit nach oben genommen, um die Schlaflosigkeit zu vertreiben, als ich noch nicht wusste, dass ich tot war, von da an schlief ich wieder von selbst.

Jevgenij öffnete die Flasche, ließ den Korken zu Boden fallen, er würde ihn nicht mehr brauchen. Dann schnaubte er und marschierte los, zum anderen Ende des Hauses, wo er hinter Irinas Schlafzimmertür verschwand.

Ein kalter Luftzug drückte sich durch das Fenster, und ich wurde das Gefühl nicht los, dass er, sobald er in Irinas

Zimmer ankam, wie ein warmer tropischer Hauch sein würde. Hat mir Irina genommen, was mir zustand? Beide jedenfalls nahmen mir in dieser Nacht den Schlaf. Ich hatte eine Geräuschkulisse erwartet, die peinlich berührend war, doch es war viel schlimmer:

Sie lachten! Sie sprachen miteinander, nicht flüsternd, aber doch zu leise, als dass ich sie hätte verstehen können, dann lachten sie wieder, und manchmal war es still, kurz, kurz und ich glaubte, es hätte ein Ende gefunden, doch dann lachten sie erneut, als hätten sie nicht den Branntwein, nach dem ich mich gerade sehnte, sondern Freude selbst getrunken. Ich war nicht allein damit, mich in dieser Nacht zu quälen.

Irgendwann stimmte Oskar des Zweiten gleichermaßen gequältes wie qualvolles Gejammer in das Spiel von Lachen und Flüstern ein, als könne er sie mit den großen Ohren nicht durch die Tür hören. Zumindest hatte Jevgenij Oskar genommen, was ihm zustand, nämlich einen Platz in Irinas Bett. Doch sie ließen sich nicht erweichen, und wenn sich der Kater heiser krähte, bis er endlich aufgab und an meiner Tür kratzte, die ich in dieser Nacht, anders als in vielen anderen Nächten, geschlossen hatte. Üblicherweise war es einfacher, dem Kater die Tür offen zu lassen, denn das Tier war konsequent darin, stets in jenen Raum zu wollen, der ihm verschlossen war.

So rollte er sich in meinem Arm zusammen, während ich noch lange wach lag und das Haus verfluchte, das, obgleich Irinas Zimmer sich auf der anderen Seite befand, jedes Tuscheln und Kichern an mein Ohr trug. Oskar schnurrte und blieb irgendwann still, nur manchmal drehte er sich und trat mich dabei mit den Hinterpfoten in die Seite. Ich kann nicht sagen, wann ich endlich einschlief, ob es kurz still gewesen war oder meine Augenlider vor der Müdigkeit des Körpers kapitulierten, und der Schlaf die Stille schenkte, die mir das Haus nicht geben wollte.

Wie ein kurzbeiniges Tier aus einer Muschel kam ich am nächsten Tag gekrochen, mich vorsichtig vorantastend. Irina sah aus, als hätte sie sich mit Tränen abgeschminkt. So heftig haben sie also gelacht! Sie fantasierte zum Frühstück etwas von Burgunderblut, dass in Wahrheit nicht Seen von Nibelungenblut aus den Tiefen der Unterwelt blubberten, sondern Blaualgen fröhlich dahinlebten. [Tote lachen nicht. Anmerkung: Dr. Weintraub]

35 – Diagnosen

Ich hätte nur das Cotard-Syndrom, behauptete Weintraub selbstbewusst, und ich solle mich zusammenreißen, mir nicht zu viel darauf einbilden, ich sei so lange am Leben, bis er das Gegenteil verkündete, kurz: Es sei alles nur in meinem Kopf. Ich schrieb auf einen Zettel: »Zwischenwelt durchwandern – Ruhe?«, und er rief: »Nein! Sie hören nicht zu! Bei den jungen Monden, hören Sie doch zu!« Sich selbst belüge man am häufigsten und meist, ohne es zu merken. »Wir kennen unser Gehirn nur vom Hörensagen«, erklärte er, doch die Lüge bestünde nicht darin, sich selbst zu sagen, was man denke, sondern sich nicht denken zu lassen, was gedacht werden könnte, wenn –. Doch das war Unfug, denn ich würde mich alles denken lassen, tat es nur nicht. Aber was war denn auch zu denken, ohne dass ein Körper dem Gedanken Gewicht gab: Kein Herz zum Beschleunigen, keine Hände zu nässen, kein Magen umzudrehen und keine Kehle auszutrocknen? Wie hilflos so ein Gedanke ohne Körper doch war! Ich legte meine Finger an meine Halsvene, da, kein Puls. Nichts. Ich war tot und Weintraub, dieser Schwätzer, versuchte mir einzureden, dass ich es nicht sei, während irgendwo im Haus meine Zunge klopfte und klopfte und klopfte. Ich kenne meinen Körper schließlich besser als er und fühlte den bereits beginnenden Verwesungsprozess. Dass er mir in mein knochiges, von sämtlicher Haut befreites dunkel-modriges Gesicht blicken konnte und behaupten, dass ich noch am Leben sei, zeugt davon, dass er nicht bereit war, wirklich hinzusehen. Vermutlich konnte er sich keinen Reim darauf machen, wie Untote, zu denen ich mich zählen durfte, noch mit ihm interagieren konnten, und nur weil er keine wissenschaftliche Erklärung fand, leugnete er die Fakten. [Natürlich liegt das Subjekt an dieser Stelle falsch. Die Einschätzung des Arztes Weintraub war zweifelsohne korrekt. Das Klopfen der Zunge sowie das Fingertier waren möglicherweise Strategien des gequälten Geistes, sich vom Klopfen des eigenen Herzens, vom Puls, vom Eingeständnis, lebendig zu sein, zu distanzieren. Anmerkung: Dr. Weintraub]

Irina ergänzte, dass tot zu sein und Stein zu sein dasselbe waren: Wasser dringt in Spalten der Steine ein, als Eis sprengt es sie zu Mineralstaub. Dieser Staub ist Nährboden für die Pflanzen. So werden durch Wasser, Wetter und Pflanzen die Steine zu Brot. [Diese Passage las das Subjekt selbst aus einem der umherliegenden Bücher vor, darunter: *Das dicke Wasser*, *Unterseeische Fahrten*, *Handbuch der Ozeanologie*, *Würgeengel unter der Erde* u. a. Anmerkung: Dr. Weintraub]

Weintraub bezichtigte mich auch der Rabulistik. Ein gestochenes Wort für rechthaberisch sein. Ich musste dabei an den Selbsternannten denken, wo er auch sein mochte, der meinte, weil Menschen sich oft vor den Kopf gestoßen fühlten von harten Wahrheiten, müsse alles, was er sagte, wahr sein, nur weil sie beleidigt waren. Aber Weintraub war offenbar einfach nekrophob. [Der Doktor verbittet sich derlei Anschuldigungen. Anmerkung: Dr. Weintraub] Man müsse mich nicht in ein Krankenhaus bringen, meinte er, denn was ich hätte, sei nicht ansteckend, nicht im traditionellen Sinne. Ansteckend wie es Stimmungen seien, nicht buchstäblich aber. [Ich erinnere mich gut an diese Untersuchung, in der festzustellen war, dass dem Subjekt mit Vernunft in keiner Weise beizukommen war. Es war überzeugt, tot zu sein. Zudem war es in einem verheerenden Zustand vorzufinden: Ungepflegt im Schmutz hausend. Zerzaustes Haar, Staub auf sämtlicher Kleidung. Staub überall in allen Winkeln in jedem Raum des Hauses. Nager huschten zwischen Abfällen. Anmerkung: Dr. Weintraub]

Ich war nun wieder in meinem alten Zimmer bei Irina und Jevgenij untergebracht, und neben einem Bett hatte man mir auch Stuhl und Schreibtisch besorgt. In meiner winzigen Studentenwohnung lebte dafür nun ein Cousin Irinas, der aus dem Osten hierhergeflohen war, den sie aber nicht im Haus haben wollte, da er für die Okkupanten war und erst als seine Pforte weggesprengt worden war, verstanden hatte, dass im Osten kein Bleiben möglich war, auch wenn man die Zerstörer nicht als Feinde betrachtete. Mir war klar, dass ich nun hier sein musste, denn was blieb den Toten noch, um sich lebendig zu fühlen, wenn nicht echte Albträume? Ich brauchte dieses Haus mehr denn je. Das Regenfallrohr klapperte, der Donner unter klarem Himmel dauerte immer noch an. Oskar der Zweite drückte sich unter der Bettdecke auf die Matratze. Ich streichelte, bügelte ihn hervor. Alles war ganz so, als säße man an der Gotha-sûr und denkt nichts Böses. Die Nachbarn waren auf die Balkone gerannt, schrien unverständlich durcheinander. Mag es dem Weltenangsttraum geschuldet sein, denn wer ertrug schon die unendliche Weite, wenn man die umarmenden Fassaden kannte? Mag es dem blutig rot leuchtenden Mond an den Wassern anzulasten sein, wer wusste schon, warum wer was glaubte tun zu müssen? Die Geschichte der Menschheit ist schließlich durchzogen mit Widersprüchen und längst nicht so klar, wie die Sehnsucht manches Historikers es sich wünschen würde.

Irina zählte auf, welche Meere bei Vollmond welche Farbe hätten, als interessiere sie sich nicht für die Himmelsspektakel: Mare serenitatis grün, crisium dunkelgrün, frigoris gelb. Dann zählte sie auf, welche Basen und Säuren eine Heilquelle benötigte, um eine solche zu sein. Das Verhältnis der Stoffe sei wichtig. Ich nahm ihre Belehrungen schulterzuckend hin. Manchmal konnte man ganze vier Monde sehen, zwei am Himmel, zwei im Wasser. [Vermutlich handelt es sich auch bei diesen Aussagen um Passagen aus Büchern, nicht um Erzählungen von I. Zu diesem Zeitpunkt trank das Subjekt bereits seit Wochen nur Bier, Wein und Schnäpse, um eine Kehlenversteinerung zu meiden. Der Prosektur waren nach wie vor keine Fälle von Versteinerung bekannt. Anmerkung: Dr. Weintraub]

Die Zimmer – ob mit oder ohne Möbel – füllten sich zumindest mit Menschen, die Flurnachbarn lernte man am Geruch auf der Toilette kennen. So lange, bis mir die Nase abfiel zumindest. Immer mehr Leute zogen ein. Irina aß nur noch hartgekochte Eier, trank Chablis und schwarzen

Kaffee, ihre Augen waren trüb, ohne ihre Flasche ging sie nirgendwo hin. »Meine schöne Freundin, wirst du sterben?«, hatte einer jener Okkupanten unserer Räume hier gefragt, aber Irina hatte nur gelächelt und mit ihrer Halskette gespielt. [Das Subjekt ließ keine medizinische Untersuchung an I. zu. Dennoch ließen sich bereits zu diesem Zeitpunkt aus der Distanz von etwa zehn Metern recht eindeutige Todesbeweise an der in einem Lehnstuhl sitzenden I. erkennen. Das Subjekt musste sie für seine Zwecke im Haus herumgetragen haben. Nicht Schmuck, jedoch ein Gürtel war um den Hals erkennbar. Da der diensthabende Arzt dem Subjekt körperlich nicht gewachsen war, wurde behördliches Vorgehen empfohlen. Anmerkung: Dr. Weintraub]

Die Komendantskij chas wurde verhängt, wir verließen das Haus also kaum noch und erst recht nicht nachts. Im Streit der Monde schien die Erde langsamer geworden zu sein, als sei sie eine dicke Frau, die müde war zu tanzen und stöhnte »Ach, lasst mich doch hinsetzen!« Die durchschnittliche Körpertemperatur von Menschen schien laut wissenschaftlichen Ergebnissen zu sinken, auch an menschlicher Kälte fehlte es nicht.

Das neue Bett hätte mir gewiss Rückenschmerzen bereitet, hätte sich nicht passend zu meinem vorherigen Ableben eine Schmerzlosigkeit eingestellt. Auch mein Geruchssinn war verschwunden, vielleicht war dies nichts Schlechtes, denn es gab nur mehr Nahrung aus der Dose. Ich versuchte, den Schimmel auf dem Rücken mit den Stöckchen noch abzukratzen, bis er das Wort ergriff und wie Weintraub versuchte, mir etwas über meinen Körper zu erzählen. Gepanzerten Weltanschauungen war eben nicht leicht beizukommen. »Sei nicht so«, sagte der Schimmel, »wie soll Weintraub uns auch verstehen – schließlich lebt der Doktor noch.« Ich nickte dem Schimmel zu. War Weintraub erst tot, würde er all das erkennen, was ich bereits erkannt hatte. [Dies führte zu einem Übergriff des Subjektes auf Dr. Weintraub, der juristisch als Mordversuch zu werten ist und zur Beschaffung dieses intimen Textes des Subjektes geführt hat. Das Subjekt schlug mit sämtlichen Notizen auf sein Opfer ein, das nur knapp schwereren Verletzungen entging und zahlreiche Papierschnitte davontrug. Wie wir merken, ist das Subjekt in diesem Moment durchaus noch zur olfaktorischen Wahrnehmung fähig, gesteht sich dies im Gesamtkonstrukt der Vorstellung des Totseins nicht ein. Anmerkung: Dr. Weintraub]

Ich schob den alten, stinkenden Schrank vor mein Fenster, bis ich es gewohnt war, Angst zu haben, dann kratzten wir auch das Klebeband wieder von den Scheiben. In anderen Städten schlugen Raketen ein, oder die Soldaten schossen auf die Einwohner – nur so zum Spaß.

Die, die gegangen waren, warteten vierzig Stunden an der Grenze, nicht wissend, wo duschen, wo leben und wann zurückkehren. Die Häuser der Stadt waren wie ausgestorben, sie fuhren aufs Land zu den Datschen, irgendwohin.

Als die Sirenen das erste Mal anklangen, blickte ich vom Balkon, um zu sehen, wo die Raketen einschlugen. Einige liefen zum Strand, um nach den Kriegsschiffen Ausschau zu halten.

Trotz der beständig anwachsenden Menschenschar im Haus, die offenbar Irina eingeladen hatte und nicht Jevgenij, war die kühle Stille, die nun selbst ein Echo zu haben schien, stets vorhanden.

36 – Trippeln und Trappeln

Am nächsten Morgen saßen Irina und Jevgenij frisch und friedlich am Frühstückstisch und lasen unterschiedliche Teile der Zeitung. Ich ließ mich auf einen Sessel fallen, goss mir Kaffee ein und hielt meinen Blick auf das satte Schwarz gerichtet.

Ich hatte mich mühselig unter der Bettdecke hervorgezogen, um den Schlaf Oskars des Zweiten nicht zu stören, doch knapp hinter mir betrat auch er den Raum, hopste schnurstracks auf den Stuhl neben Irina, als wolle er nun Mensch sein, und begann mit ihr zu zetern, als sei es seine Pflicht, sie auszuschimpfen für die unrechtmäßig geschlossene Schlafzimmertür vergangene Nacht. Er rief zwar mir die vorwurfsvollen Töne der vorigen Nacht in Erinnerung, Irina ließ sich jedoch bei ihrer Lektüre nicht stören, und Oskar gab sein Unterfangen, Irina zu belehren, auf, als Jevgenij begann, ihn mit dünn geschnittenem Schinken zu füttern. Nach drei Häppchen trollte er sich.

Fast hätte man glauben können, alles sei wie früher, trotz meines Gefühls, als wetzten Kätzchen ihre Krallen an meinem Herzen. Man musste sich, da hatte Weintraub recht, zusammenreißen, denn Angst tötet den Verstand. So wenig hält ein Haus wie dieses nun auch wieder nicht aus, man sollte nur wirklich nicht draußen in der Sonne sein. Die Luftschutzbunker beachteten wir kaum noch, da niemand innerhalb von drei Minuten dorthin gelangt wäre, und man hatte keine Sekunde zu verlieren, Emotschka! Man musste die Schuhe anziehen, alles Nötige mitnehmen, die Treppe hinunter, Emotschka! Ins Tierheim in drei Minuten? Ins Kloster? Man muss zur Salzsäule erstarren, Emotschka!

Eher waren wir zu Hause an die Innenwände gepresst oder hatten uns im Keller verkrochen. Emotschka war früh gestorben. Was müsste ich weinen über ihre tragische Geschichte. Gestorben aus Schuld gegenüber der Birnenmutter. Gut, dass ich tot war, da musste ich das nicht tun. Der Teich lag grün. Wer sich nicht an die Ausgangssperren hielt, wurde mit Wasserwerfern zurückgedrängt, in denen man chemische Zusätze vermutete. Im Haus gab es nichts mehr zu essen außer Reis mit Tomatensaft. Gut, dass ich nicht hungrig war.

Wir sind immer noch zu nah an den Fenstern. Mindestens zwei Wände sollten zwischen dem eigenen Körper und dem nächsten Fenster sein. Man sollte Bargeld haben, zumindest vorübergehend. Die Kurse flogen nur so davon. Wir verbrachten nicht tagelange Wartezeit vor Grenzposten, sondern blieben dabei, erst mal zu trinken, zu feiern, eine weitere Nacht am Leben zu sein, denn die Fluchtkolonnen lagen nackt und hilflos unter den suchenden Augen der Bomber. Ohne die Nachrichten könnte man manchmal fast glauben, dass dieser Krieg gar nicht wirklich sei.

Jemand aus dem Moldavanka muss vier Blockposten passieren, schrieb das Stadtblatt, aber in Arkadien haben wir keinen einzigen. Vielleicht würde uns niemand erstürmen wollen, vielleicht liegen wir schlecht im Gelände. Die Kinder dürfen nicht mehr mit Kreide auf die Straßen malen, auch keine Sonnen und Monde, Saboteurkinder haben die Leute um sie gerufen mit angespannten Gesichtern, wie im Kampf. Als sei abertausenden von Gezeiten zuvor eine Tür zugefallen im Menschen. Die Sonne steckte bereits ermüdet, rot und bis zur Hüfte im trockenen Boden, der lieber Regen als Blut trinken wollte. Oder Likör, reif und sanft.

Ich musste den Wänden entkommen, obwohl ich natürlich wusste, dass mein Körper oben tot im Bett lag, ich durfte nur Weintraub nichts davon erzählen, ich würde ihm dieses Schriftstück niemals aushändigen. [Die Requirierung dieses vom Subjekt erstellten Textes ist nicht als Aushändigung zu bezeichnen. Anmerkung: Dr. Weintraub] Doch ich floh nicht vor der drückenden Laune der beiden, sondern vor Oskars des Zweiten Freude, mich zu erschrecken, hinter Winkeln unvermittelt hervorzuspringen und mir einmal sogar einen siebenköpfigen Rattenkönig in den Weg zu schleudern. Manchmal lag er gerne auf meinem hohlen Gesicht oder in meinem leeren Brustkorb.

Die Überflutung kroch inzwischen, wie Gezeiten eben kriechen, langsam, aber unaufhaltsam, in die Stadt. Hinweg über die ersten Gärten an ihrem Rande, wo Kühe mit nassen Hufen verzweifelt muhten und Blumen wie Kräuter sich dem Meereschlamm widerstandslos ergaben, in Straßenrinnen, über Pflastersteine wie Gräber und über Trottoirs hinweg, über die Reifen, Barrikaden und Kellerfenster bis in die Häuser. Stufe um Stufe erklimmend.

Sie hielt erst an, als sie mitten in der Stadt war, vor Irinas nackten Füßen. Das Wasser kam und ging, zog sich manchmal kilometerweit zurück, um dann mit kindlicher Ungestümheit auf uns zuzuschnellen.

Ich verstand erst jetzt, dass alles, war Irina sagte, mit dem Teichlein zu tun hatte: Seesterne, Asteroidea waren verkrustet, und das seit Urzeiten. Der vorherrschende neutrale Stoff, welcher als Hauptlösungsmittel in den äußeren Erdschichten diente, war damals nicht wie jetzt Wasser, sondern Kieselsäure. Dann spekulierte Irina, ob die Welt einst den Moskitos oder den Kakerlaken gehören wird oder vielleicht eher den Anthropoden zu See, kieselkrustig, irgendjemand würde sich schon finden zu herrschen. Als steingekleidete Giganten würden sich die Wale bald rücklings mit schweren Leibern über die Hochhäuser werfen.

Ich hätte nicht sagen können, ob es sich kreuzende Schäfchenwolken oder Wellenkämme waren, die das schaumige Spektakel am Himmel erscheinen ließen wie Dünen, die aufeinandertrafen. »Eine Fischwanderung«, sagte Irina, und einige würden sich künftig als Gargoulles eignen. Wer brauchte schon den nackten Sternenhimmel, der doch nur bewies, dass wir dem unendlichen Weltall schutzlos ausgeliefert waren. Ich watete in meinen Bleieinlagenstiefeln durch das Haus, glaubte Irina in den Salon schweben zu sehen, um sich Tee einzuschenken. Das Fleisch meines Hinterteils rutschte langsam innen meine Hosen hinunter und leistete den Bleieinlagen in den Stiefeln Gesellschaft. Bald würden nur mehr die blitzenden Knochen von mir übrig sein, die ich immer erwartet hatte.

Das Seelenloch hat neuerdings ein Echo. Wimmerte ich, wimmerte es auch, schnurrte der Kater hinein, schnurrte ich auch. Als ich ihm mein Gesicht zum Spielen zuwarf, war er zufrieden. Wie ein Dämon hauste er nun in meinem Kopf, trippelte, trappelte, schnurrte, kratzte und fauchte.

Ein Springbrunnen gluckste und ich glaubte, Gesang daraus zu hören, doch da war nur eine steinerne, gewaltige Frau mit dem Gesicht eines Mörders. Erst als ich nähertrat, sah ich, dass der Körper sich langsam bewegte und metallische Gongs durch tiefen Stein ihr Echo zu werfen schienen. Ich dachte an weiße Kehlen und war froh, dass wir unser Glück nicht weiter versuchten. Die meisten Leute verließen die Stadt immer noch, sie kamen uns entgegen in Autos, in Zügen, sie warteten auf Verbindungen an die westlichen Grenzen, und die Züge waren fünf, sieben Stunden zu spät. Viele schliefen auf ihren Koffern, und Kinder weinten, so wie auf altem Zelluloid. Jede Brücke war bewacht, und als wir nach endlosen Stunden zu Hause, im Hause, in dem einzigen Haus, in dem es sich zu sein lohnte, ankamen, waren die Flüchtlinge alle weitergezogen, hatten es hier nicht als sicher genug empfunden – wenn wir gingen, wieso nicht auch sie?

Wir erfuhren vom Zeitungsschreier vor unserem Haus, dass unser Teichlein auch das Meer angesteckt haben musste, denn es war ein heißer Tag und die Kinder liefen schon frühmorgens an den Strand, um zu schwimmen.

37 – Ein Gesunder

Es wird Zeit, etwas zuzugeben. Vielleicht mag der zweite Mond nicht von echter Substanz sein, doch Weintraub hatte recht behalten: Er hatte Einfluss darauf, ob er eine Illusion war oder nicht. Ich musste das erkennen, als ein rot leuchtender Mond über den Wassern schwebte, eine vorhergehende Mondfinsternis hatte ihn angelockt, rotes Atmosphärenlicht, das das blaue versprengte, und selbst wenn es das Leuchten brennender Fabriken oder Militärbasen sein könnte, von glimmendem Rauch oder brennendem Laub: Der Mond übte Einfluss.

In den ersten Tagen der neuen Mondphasen verwandelte sich Irina in eine menschliche Motte, die schrie, ging das Licht aus, sie wollte es nicht gedimmt, sondern tränengrell. Sie rief nach einem Meer unter den Felsen, so gigantisch, so unerforscht. »Schau nicht durch das Fenster, das auf die Nacht hinausgeht!«, rief sie. Vielleicht hatte nicht sie das versteinernde Wasser überallhin gebracht, sondern die Monde unterirdisch und in stürzenden Wellen.

Einer der Monde hatte sich daraufhin wochenlang nicht blicken lassen. Irina fragte, ob ihm wohl nichts passiert sei. Eine alberne Frage. Eine Bedrückung machte sich breit, als es für einige Nächte stockdunkel blieb, bis wieder beide Monde am Horizont auftauchten, als sei einer den anderen holen gegangen. Irina zog aus dieser Dunkelheit Falter an, als tränken sie ihren Schweiß wie süßen Nektar. Ich fürchtete, dass sie in ihrem Lichtbett aufgefressen werden könnte, und dann begann sie zu leuchten! Ihr Körper leuchtete. Als hätte sie den Monden das Licht der letzten Wochen geraubt. [Vermutlich Photorhabdus luminescens – leuchtende Bakterien, die sich am Fleisch entwickeln können, wenn Körper kalt genug sind, im Volksmund bekannt als Engelsleuchten. Eine weitere Untersuchung war aufgrund des Widerwillens des Subjekts nicht möglich. Anmerkung: Dr. Weintraub]

Um sie machte Weintraub sich Sorgen, mir gegenüber wiederholte er nur, dass ich nichts habe, und das wusste ich doch bereits: keine Zunge, keine Organe und er entgegnete: »Kein Rasputin-Firlefanz!«

An den Kiosken baumelten die vergilbten Morgenzeitungen wie riesige Artischocken aus welkenden Nachrichten, sobald die Hitze wiederkehrte. Insekten purzelten aus der Bibel in die Zeitungen, und dann von den weit entfernten Regionen der Zeitungen auf unsere Felder. Die Kornknappheit begann, nun, nicht für uns, doch für viele. Die Bäcker buken unser täglich Brot und verlangten manche Seele dafür.

Im ewigen Eis, das halt nicht ewig ist, aber man beharrte, es sei ja weit weg, hatte man neue ausgestorbene Tiere gefunden. Es gab ein Leben nach dem Aussterben. In der Geschichte des Erdenballs hatten ewige Eise einen ähnlichen Ewigkeitsanspruch wie ewige Reiche. War das Schnee? Asche vielleicht. Das neue Wetter war der Gestank brennender Reifen. Erst wickelte man sich die Tücher vor Mund und Nase wegen der Seuche, dann wegen der Ascheflocken. Dabei hatte Jevgenij das Problem doch gelöst. Immer noch war das Wort Feind verboten.

Ich hatte auch die Zeitung aus der Kioskartischocke, die vor die Tür gespült wurde, geangelt, ganz recht, mit einer richtigen Angel, einen Helden nannte sie mich. Die Zeitung erzählte von Jevgenijs triumphiraler Rückkehr, ich solle ihr vorlesen, verlangte Irina – wie albern, wusste sie doch, dass ich das nicht konnte. »Lass uns nach oben gehen«, stieß ich sie an, »bevor das Wasser hierherkommt.« »Lies noch einmal über Jevgenij, in welcher Rubrik ist es?«, hörte ich sie sagen. Nun, die Tagesnachrichten würden es sein, aber da stutzte ich. Die Todesanzeigen waren es.

Ich wachte auf: Jevgenij war nicht wiedergekommen. Jevgenij war tatsächlich tot, aber wer hatte uns dann zu Schmetterling begleitet? Ich stieß Irina an, aber da merkte ich, dass sie seit der Vorladung Schmetterlings nirgendwohin gegangen war. Sie saß da, und mit Augenhöhlen, tot wie die meinen, starrte sie auf die Flut vor dem Fenster. Dabei war doch die Lobeshymne auf Jevgenij erst hier gestanden, schwarz auf gelbem Zeitungspapier.

Das Wasser wurde dafür zum Staatsfeind und schließlich, noch im selben Leitartikel, zum Feind der Menschheit erklärt. Kein Wunder, wo einen doch alles versteinern konnte, was nicht aus alten Weinkellern kam. [Es konnten keine Tode durch Versteinerung, wie sie das Subjekt behauptet, festgestellt werden. Möglicherweise referiert das Subjekt auf Rigor Mortis, die Leichenstarre. Jedoch fiel in die Zeit vor der großen Flut eine erstaunliche Übersterblichkeit durch Herzversagen. Anmerkung: Dr. Weintraub]

Der kätzische Dämon in meinem Kopf fauchte. Tiere sind sicher, wir zögern, stolpern, wanken wie betrunken, als hätten wir auch sieben Leben, aber jedes Mal, wenn wir bemerken, dass der Lichtpunkt, dem wir hinterherspringen, von einem Spiegel kommt, schauen wir belämmert wie ein staunendes, dummes Tier.

38 – Der gelassene Himmel

[Bislang hat sich der Erstleser dieses Textes bemüht, möglichst wenig kommentierend einzugreifen, dem Subjekt die Bühne zu überlassen, wenngleich dies nicht immer einfach war, und es gewiss viele Gelegenheiten gegeben hätte, das Gesamtbild des Geschehens zu korrigieren. Sämtliche Anschuldigungen vonseiten des Subjektes gegenüber dem behandelnden Arzt Dr. Weintraub weist dieser zurück. Das Subjekt hat sich in den vorherigen Aufzeichnungen als glaubend erkannt. Darin zeigt sich, dass die Monde sich nicht unserem Wunschdenken beugen, nur weil man alles ignoriert, was dagegen spricht. Das Subjekt hat den Einfluss des Mondes anerkannt. Dies bedeutet nicht, dass das Subjekt den Mond anerkannt hat. Als Tatsache bleibt, dass, wer tot ist, nicht wissen kann, tot zu sein, nicht spüren kann, tot zu sein. Der Mensch weiß nicht, wenn er etwas nicht weiß. Nicht das Subjekt leidet in der Regel unter Unwissenheit und Tod, sondern andere. Wir werden versuchen, diesen letzten Abschnitt für sich wirken zu lassen. Anmerkung: Dr. Weintraub]

Ich versuchte mich zu erinnern, wo ich fehlgegangen war. Jevgenij war tot geblieben, sie hatten nicht gemeinsam gelacht, was hatten sie dann? [Anzunehmen ist, dass das Subjekt ein Weinen aus I.s Raum vernommen hat. Hätte unser Subjekt sich retten können? Anmerkung: Dr. Weintraub] Das Geräusch war dasselbe geblieben. Ziz war zugleich tot und lebendig. Die Panzer waren nie mit heißer Luft befüllt. Schwer und sperrig sah ich sie sich durch die Straßen winden.

Weintraub hatte es mir klipp und klar gesagt – ich sei weniger tot als sie, hatte er gesagt und dabei auf Irina gedeutet. Ab wann hatte ich nur mehr Irinas leblosen Körper herumgetragen? [Ab Seite 148, Anmerkung: Dr. Weintraub]

Waren denn nur meine Albträume echt gewesen? Träume, die einem fast das Herz aus der Brust zerren, einen auf die Straßen hinausjagen, mir das ganze Gedärm auf die Straße gejagt haben: Sie hatte den Lehnstuhl nicht geworfen, nur umgestoßen, nicht ein klopfendes Fingertier, sondern der arme Schatten war erschossen worden. Das Klopfen musste ausschließlich von meiner Zunge gekommen sein. Da merkte ich, dass meine Zehen in den Gummistiefeln ganz steif und schwer waren, als seien sie selbst aus Blei und nicht mit Bleieinlagen bedacht. Das Wasser war mir über den Stiefelschaft geschwappt, und ich begriff endlich, was Weintraub damit gemeint hatte, dass man sich alles zurechtbiegen konnte im Kopf. Ich würde mich von unten herauf in Stein verwandeln. Vermutlich hatte Irina dies schon immer so geplant: Dass ich hier als zerfallener Mensch in

Stein verewigt würde. Dicke steinerne Stiefelbeine würden sich um meine Knochen legen. [Dr. Weintraub möchte darauf hinweisen, dass Versteinerung keine Todesursache war. Anmerkung: Dr. Weintraub]

Das war der Augenblick, als ich aufhörte, meiner Poesie zu trauen. Ich wankte durch die Straßen, was hatte ich denn sonst? Da erst bemerkte ich die steingekleideten Giganten hinten am Horizont, wo das Wasser beginnen müsste. Als hätte der zweite Mond alles Unheil auf den Straßen verdoppelt.

Die hungrigen Monde hoch und nieder schaukelnd, einander zuflüsternde Phantome, wenn es vorbei sei, dann würde es dennoch weiter und weiter und weiter gehen. Wir sollten uns glücklich schätzen, dass es zwei Monde und nicht zwei Sonnen waren, sagten die Forscher. Fleißig waren sie allemal, die Forscher wie die Monde. Zum Glück ist das Wasser nicht gelb. Auf und ab flossen die Flüsse, der Zoo war überschwemmt.

Alle paar Minuten bekamen wir neue Wassersnot. Die Tiefseefische schmolzen am Strand, ein Leichengeruch zog über die Stadt, von dem wir nicht wussten, ob eine Flut ihn mit sich nehmen würde. Die neuen Mondgesichter hatten alle Kreaturen gewandelt. Kein sanftes Spiel von Ebbe und Flut, sondern ein wutvolles Aufsteigen aus den schwarzen Tiefen, alles Lebendige sprengend, aufgewühlt, wild gestikulierend taumelnd, in Stücke reißend: Das ist Wasser. Rücksichtslose Mondgeneräle, die riesige Fische aus jeder winzigen Pfütze nach Fledermäusen zu schnappen erlaubten. Die Kriegsdelfine trugen nun kalkerne Panzer. Vogelschwärme ertränkten sich selbst. Abertausende von Insekten, Schulter an Schulter summend, auf der Jagd nach

Schlangen und Fröschen, während wir alle nur staunend hinterherhumpeln konnten. All das auf der Mondherrinnen Geheiß, die auftauchten und abtauchten, geradezu wie es ihnen gefiel.

Das Wetter verkroch sich so schnell in einer Höhle, wie es zuletzt stets vorgesprungen war. Wir konnten in Frieden arbeiten, und während wieder mein Hirn pumpte und ich mir selbst, Seite an Seite mit meiner Zunge, die keinen einzigen unruhigen Hopser tat, zusah, was mein untoter Körper alles erledigen konnte.

Wie gerne hätte ich um Hilfe gerufen in dieser versteinerten Stadt, aber ohne Zunge, Lunge, Stimmbänder – ich wusste nicht wie. Und der Himmel, ach, der kühle, gelassene Himmel, legte sich sanft über uns, wie schade, dass niemand überlebte, um davon zu erzählen.

Franz Fiedler / *Narre Tod mein Spielgesell*, 1921*

Franz Fiedlers *Narre Tod mein Spielgesell* begleitet mich schon seit 2012, als mir in den Weiten des Internets erstmals ein Auszug aus der Reihe in die Timeline gespült wurde. Jahre später würde mir die Fotoserie in einem Büchlein vom Flohmarkt wieder begegnen. Bei der Arbeit an diesem Buch hatte ich es stets im Blick: Ist tot zu sein die einzig wahrhaft ernste Behinderung, behindert es doch das Leben in seiner Gesamtheit, oder die einzig erfolgreiche Form der Depathologisierung? Nur auf einem Weg können wir diese Erkenntnis erlangen. Eines von Franz Fiedlers Models kennt die Antwort darauf bereits – und wie fröhlich es lacht! Aha!

Cordula Simon

* Trotz Recherche war es uns nicht möglich, die Rechteinhaber für das abgebildete Foto zu eruieren. Wir bitten Sie höflich, sich an den Septime Verlag zu wenden.

Foto: Stefan Auer

Cordula Simon
wurde 1986 in Graz geboren, wo sie nach einem längeren Aufenthalt in Odessa (UKR) wieder lebt. Neben Studien zur deutschen und russischen Philologie sowie Gender Studies gehören Medienlinguistik, mediale Literarizität und Radikalisierungsprävention zu ihren wissenschaftlichen Arbeitsschwerpunkten. Sie ist Mitglieder der GAV, leitet Workshops für die Jugend-Literatur-Werkstatt Graz und Beisetzungen für ein Bestattungsunternehmen. Für ihre Literatur wurde sie mit zahlreichen Preisen und Stipendien ausgezeichnet.

Cordula Simon erhielt für die Arbeit an diesem Roman ein Aufenthaltsstipendium der Stadt Gotha.
Die Autorin bedankt sich weiters für das Projektstipendium des Bundesministeriums sowie für die beiden Literaturstipendien der Stadt Graz und des Landes Steiermark.

www.septime-verlag.at